हिन्द पॉकेट बुक्स

नीत्शे : ज़रथुष्ट्र ने कहा

यद्यपि इस पुस्तक के मूल लेखक नीत्शे हैं, लेकिन इसका सरल हिन्दी रूपांतरण किया है मुद्राराक्षस ने। मुद्राराक्षस के नाम से सुप्रसिद्ध सुभाष चंद्र गुप्ता के 12 उपन्यास, 3 व्यंग्य संग्रह एवं 10 से ज्यादा नाटकों की पुस्तकें प्रकाशित हुई। कई नाटकों का इन्होंने निर्देशन भी किया। विभिन्न पत्र-पत्रिकाओं में आलोचना सम्बन्धी नियमित लेखन करते रहे। *ज्ञानोदय* नाम की पत्रिका का इन्होंने सम्पादन भी किया।

नीत्शे

ज़रथुष्ट्र ने कहा

प्रस्तुति

मुद्राराक्षस

हिन्द पॉकेट बुक्स
पेंगुइन रैंडम हाउस इम्प्रिंट

हिन्द पॉकेट बुक्स

यूएसए। कनाडा। यूके। आयरलैंड। ऑस्ट्रेलिया। सिंगापुर
न्यू ज़ीलैंड। भारत। दक्षिण अफ्रीका। चीन

हिन्द पॉकेट बुक्स, पेंगुइन रैंडम हाउस ग्रुप ऑफ़ कम्पनीज़ का हिस्सा है,
जिसका पता www.hindpocketbooks.com पर मिलेगा

पेंगुइन रैंडम हाउस इंडिया प्रा. लि.,
चौथी मंजिल, कैपिटल टावर 1, एमजी रोड,
गुरुग्राम 122002, हरियाणा, भारत

पेंगुइन
रैंडम हाउस
इंडिया

प्रथम हिन्दी संस्करण हिन्द पॉकेट बुक्स द्वारा 1982 में प्रकाशित
यह हिन्दी संस्करण 2019 में प्रकाशित

10 9 8 7 6 5 4 3 2

ISBN 9789353491048
मुद्रकः रेप्रो इंडिया लिमिटेड

Printed at Repro India Limited

FSC
www.fsc.org
MIX
Paper from responsible sources
FSC® C047271

This is a legitimate digitally printed version of the book and therefore might not have certain extra finishing on the cover.

क्रम

नीत्शे

आदमी से कुछ ज़्यादा

दूसरे महायुद्ध से पहले, जिसे जर्मन राष्ट्र के अन्दर एक प्रदेश की हैसियत मिली हुई थी, उस प्रदेश सैक्सोनी का रूप उन्नीसवीं सदी में कुछ और था। चौदहवीं सदी से लेकर उन्नीसवीं सदी के शुरू तक यह क्षेत्र स्वतन्त्र राज्य अथवा करदाता स्वायत्त शासन के रूप में रहा। कभी वह पूरी तरह स्वाधीन हो गया, तो कभी दूसरे शक्तिशाली राष्ट्रों की लड़ाइयों में शामिल होकर टूटता-फूटता रहा।

इसी इलाक़े के एक पुराने शहर लाइपज़ीग में 1409 में एक विशाल विश्वविद्यालय स्थापित हुआ और बाद में जब प्रदेश दो उत्तराधिकारियों में बंटा तो विटेनबर्ग में एक दूसरा विश्वविद्यालय खुला, जहां से ईसाइयत की रूढ़ियों के ख़िलाफ़ मार्टिन लूथर ने अपना संघर्ष शुरू किया था।

सोलहवीं सदी में सैक्सोनी समृद्ध औद्योगिक राज्य के रूप में उभरा। चांदी, तांबे, जस्ते और नमक की ख़ानों के अलावा यहां जवाहरात की ख़ानें भी थीं; लेकिन इसके बाद यह राज्य दूसरों की लड़ाइयों में शामिल होता रहा। 1815 में सैक्सोनी जर्मन महासंघ का सदस्य हो गया और इसके कोई अठारह बरस बाद ही प्रशा व्यापार शुल्क संघ में शामिल हो गया। इसके बाद यहां के प्रशासन ने एक संविधान भी तैयार किया।

1848-49 की जर्मन क्रान्ति के समय एक बार फिर सैक्सोनी ने ग़लत निर्णय ले लिया। सैक्सोनी के शासन ने बिस्मार्क की नीतियों को अस्वीकार कर दिया। नतीजा बहुत अच्छा नहीं हुआ। बोहीमिया के मैदान में बिस्मार्क ने उसे हरा दिया और उसे दुबारा जर्मन महासंघ का सदस्य बनना पड़ा।

जर्मन क्रान्ति और बिस्मार्क के उदय के इन्हीं कुछ आशंका-भरे दिनों में, बार-बार रास्ते बदलकर थके हुए सैक्सोनी के इतिहास में 1844 में एक छोटे-से शहर रोकेन में एक व्यक्ति पैदा हुआ फ्रेडरिख विल्हेल्म नीशे (या आमतौर पर जाना गया नीत्शे)!

विटेनबर्ग विश्वविद्यालय से मार्टिन लूथर ने जो वैचारिक क्रान्ति शुरू की थी, उसे सुधारवाद के नाम से ईसाइयत में एक महत्त्वपूर्ण दर्जा मिल गया था। ईसाई रूढ़िवादी और सुधारवादी, दो दलों में बंट गए थे। रोचक है कि सैक्सोनी का इतिहास न सिर्फ़ आस-पड़ोस के मुल्क़ों की दुश्मनियों-दोस्तियों से चपेट खाता रहा, बल्कि सुधार और रूढ़ि की आंधियों में भी झूलता रहा था। सैक्सोनी के शासक जान फ्रेडरिख ने जर्मन सम्राट चार्ल्स पंचम के विरुद्ध लूथर की रक्षा की थी। सत्रहवीं सदी में जब पोलैंड का शासक आगस्टस रोमन कैथोलिक हुआ तो सैक्सोनी के सुधारवादी प्रशासन की जगह उसने रूढ़िवादी लोग वहां बिठा दिए।

फिर भी लगातार अपना पांव जमाए रखने की कोशिश करते हुए सुधारवाद कुछ गिरिजाघरों पर जमा ही रहा था। ऐसे ही एक गिरिजाघर के सुधारवादी पादरी का बेटा था नीत्शे। आज धर्म-सम्बन्धी आस्थाएं कुछ कम ख़तरनाक होती हैं; ख़ासतौर से बुद्धिजीवियों में पिछली सदी तक इन्हीं आस्थाओं में टकराव होने पर गर्दन उतार ली जाया करती थी।

बान और लाइपज़ीग विश्वविद्यालयों में नीत्शे ने पश्चिमी दर्शन पढ़ा। बिस्मार्क और सैक्सोनी शासन के बीच संघर्ष में पढ़ाई पूरी करने के बाद नीत्शे सैक्सोनी से दूर स्विट्ज़रलैंड चला गया। यहां बेसेल विश्वविद्यालय में वह अध्यापक हो गया। चूंकि अध्यापक का यह पद स्विट्ज़रलैंड में नियमित प्रशासनिक सेवा में शामिल था, इसलिए वह वहीं का नागरिक भी हो गया।

ऊबे हुए और बीमार, किसी कदर चिड़चिड़े सैक्सोनी के इतिहास से नीत्शे अपने-आप को जोड़ नहीं पा रहा था। यहां नए तन्त्र में उसे थोड़ा सुकून मिला। तभी एक और भयानक दुर्घटना हो गई।

1870 में फ्रांस और प्रशा के बीच लड़ाई छिड़ गई। लड़ाई में पहल फ्रांस ने की; लेकिन ताज्जुब की बात थी कि फ्रांस ही नहीं प्रशा के सम्राट की ओर से समूचे जर्मन महासंघ में युद्ध का उत्साह फैल गया। दोनों तरफ से भारी तैयारियां हो चुकी थीं। दोनों ताक़तें आख़िरी फ़ैसले के लिए उत्सुक थीं; लेकिन लड़ाई इतनी आसान नहीं थी। 19 जुलाई, 1870 से लेकर 29 जनवरी, 1871 तक लगभग आधे यूरोप में यह लड़ाई दहकती रही और आख़िर फ्रांस हार गया। नेपोलियन तृतीय की गद्दी छिन गई। फ़ौजों से घिरे

पेरिस के लाखों लोग भूख से तिलमिलाते रहे और लाशों की तादाद बढ़ती ही गई। यह सारा कुछ नीत्शे ने देखा। इसके बीच से गुज़रा। गुजरना पड़ा। यह भी अजीब नियति थी, क्योंकि नीत्शे सैक्सोनी का था। ग्रावलाते और सेंट प्रिवा पर, जहां सबसे भयानक युद्ध हुआ, सैक्सोनी का युवराज स्वयं अपनी सेना के साथ जर्मन सेनाओं की मदद कर रहा था। देश से बाहर लेकिन क़रीबी राज्यों में रहनेवाले तमाम सैक्सोनीवासी इस लड़ाई में शामिल हो रहे थे। नीत्शे को भी शामिल होना पड़ा।

नीत्शे दार्शनिक था। ग़नीमत है, उसके हाथ में बन्दूक नहीं दी गई। उसे फ़ौजी घायलों की देखरेख करनेवाले डॉक्टरों के साथ बतौर नर्स लगा दिया गया था। यहां उसने 'युद्ध' जैसे ख़ौफ़नाक शब्द के पीछे पागलों की तरह भागकर कटवा दिए गए आदमी की दर्दनाक चीख़ें सुनीं और वह उनके बारे में सोचता रहा।

1871 में यह लड़ाई आधे यूरोप के चेहरे को झुलसाकर चली गई। नीत्शे लड़ाई के बाद स्विट्ज़रलैंड वापस आ गया। वह अब बेहद बेचैन रहने लगा था। दर्शन भी अब उसे शान्ति नहीं दे पाता था। ऐसे में उसे एक सहारा मिला—संगीत। संगीत में उसे सुकून मिलता था और इसी डोर के सहारे वह एक दिन रिचर्ड वाग्नेर का दोस्त हो गया, प्रशंसक हो गया। उम्र में वाग्नेर उससे काफ़ी बड़ा था। ख्याति बहुत ही बड़ी थी।

वाग्नेर लाइपज़ीग में पैदा हुआ था। इत्तफ़ाक़ की बात है कि वाग्नेर ख़ुद अपने-आप से परेशान था। उसकी मां ने दो शादियां की थी। एक तो पुलिस अफ़सर से और बाद में एक अभिनेता से। वाग्नेर का ख़याल था कि वह अभिनेता का बेटा था। उसकी दो बहनें संगीत-नाटकों की अभिनेत्रियां थीं। वह खुद बीथोविन से प्रभावित था और छिपकर संगीत सीखता था। उसने एक और गड़बड़ी में भी हाथ डाल रखा था। फ्रांस की क्रान्ति में उसने काफ़ी हिस्सा लिया था और लाइपज़ीग के आस-पास भी वह उसी तरह की राजनीतिक हवा फैलाने लगा था। इसलिए जर्मन शासन ने आख़िरकार उसे देश-निकाला दे दिया था। तब से वह स्विट्ज़रलैंड में रह रहा था। अपने समय का सबसे बड़ा संगीतकार और संगीत-नाटक लेखक होने के बावजूद ज़िन्दगी से ऊबा हुआ और तनावों में उलझा जी रहा था।

उसने जिससे प्यार किया था उसके एक बेटी पहले से ही थी, जो अवैध थी और जिसे वह औरत वाग्नेर को अपनी बेटी नहीं बहन बताती रही थी। 1860 में उसे हर जर्मन प्रदेश में जाने की इजाज़त मिल गई; लेकिन सैक्सोनी, जिससे उसे प्यार था, वह फिर भी नहीं जा सकता था। उसके ऊपर क़र्ज़ इतने हो गए थे कि उसे जर्मनी से वियना भाग आना पड़ा था। यहां वह एक विवाहिता औरत से प्यार करने लगा था। उसके अवैध सम्बन्ध अगले कई बरस तक दर्दनाक बने

इसी मनःस्थिति में वाग्नेर युवा नीत्शे का दोस्त हो गया। नीत्शे ने एक किताब लिखी—'संगीत की आत्मा से त्रासदी का जन्म'। किताब लोगों को बहुत अच्छी नहीं लगी। उसकी पहली किताब यही थी। पहले हिस्से में उसने शास्त्रीय कृतियों की परम्परा तोड़ते हुए संगीत की आत्मा की परिभाषा की थी और दूसरे हिस्से में वाग्नेर के बीसियों संगीत-नाटकों की व्याख्या द्वारा त्रासदी के पुनरुत्थान की कल्पना की थी। नीत्शे ने यूनानी पौराणिक कर्मकांडों से जुड़े नाट्य-वृत्तों की व्याख्या करते हुए उन्हें भविष्य से जोड़ा था। उसका ख़याल था कि मंच वहीं पहुंचेगा।

आश्चर्य की बात है कि ग्रातावस्की जैसे निर्देशकों ने आज नाटक को सचमुच वहीं पहुंचा दिया। लगता है—नीत्शे भविष्यद्रष्टा भी था।

वाग्नेर नीत्शे के बाप की उम्र का था। दोस्ती लगभग अनगढ़ थी। वाग्नेर से ज़्यादा संवाद मुमकिन नहीं था। नीत्शे फ्रांस के पुनरुत्थानवादी विचारकों से काफी प्रभावित होता जा रहा था; लेकिन वाग्नेर उनसे नफ़रत करता था। नीत्शे को शक हुआ कि वाग्नेर फ्रांस-प्रशा युद्ध के बाद जानबूझकर ऐसा कर रहा था, ताकि जर्मनी से उसके सम्बन्ध सधर जाएं। नीत्शे धीरे-धीरे वाग्नेर से कतराने लगा। इसके बाद वह और ज़्यादा टूटन, तनाव और उलझन महसूस करने लगा।

वाग्नेर आख़िर जर्मनी लौट गया और शक्की नीत्शे आघात खाकर बीमार हो गया। उसका स्वभाव अजीब था। उसके दोस्त तो थे ही नहीं। लड़कियों के प्रति भी उसे रुचि नहीं थी, बल्कि लड़कियों से वह चिढ़ता ही था।

इसकी एक वजह भी बताई गई है। जिन दिनों वह पढ़ता था, अपने कुछ दोस्तों के साथ एक वेश्यालय गया था। दुबारा भी गया। उसके कुछ दिनों बाद

वह बीमार पड़ा था। बहुत कठिनाई से, अकेले कहीं जाकर उसने इलाज कराया था। शायद उसे सिफ़लिस हो गई थी। उन दिनों यह रोग भयानक ही था। मुमकिन है कि इसीलिए उसे औरत से नफ़रत रही हो। उसने शादी कभी नहीं की। प्यार जैसी चीज़ भी नहीं। अजीब विरक्ति में डूबा हुआ अक़सर अपने-आप को तकलीफ़ देने की कोशिश करता रहता था। खाना न खाना, सर्दी झेलते रहना या और इसी तरह के काम जैसे किसी एकान्त तपस्वी की तरह करता रहता था। नतीजा यह कि अब वह ख़ासा बीमार रहने लगा था।

1879 में उसने अध्यापन का काम छोड़ दिया। नौकरी से इस्तीफ़ा दे दिया। इतना कमज़ोर हो गया कि न तो उससे लिखाई-पढ़ाई होती थी, न नौकरी। अब वह साल में दो बार जगह बदलता था। गर्मियों में स्विट्ज़रलैंड चला आता था और सर्दियों में इटली चला जाता। इटली का सीलन-भरा गर्म मौसम उसे और ज़्यादा बीमार कर देता था।

लिखना उसने जैसे-तैसे जारी रखा। वह जो कुछ लिखता, वह कविता और प्रलाप का कुछ मिला-जुला रूप जैसा लगता था। वह बेतरतीब होता था; लेकिन फिर भी मनोवैज्ञानिक दृष्टि से अक़सर बहुत सूक्ष्म बातें भी कह जाता था, जिन्हें पढ़कर लोग चौंक जाते थे। उस वक़्त का लिखा बहुत कुछ उसे और भी ज़्यादा उदास करता था, क्योंकि उसे लोग स्वीकार नहीं कर पा रहे थे।

तब उसने अपनी सबसे ज़्यादा मशहूर किताब लिखी—'ज़रथुष्ट्र ने कहा'। इसके चार खंड छपे। पहले दो खंड 1883 में, तीसरा अगले साल और चौथा इस तरह छपा कि उसकी सिर्फ़ सात प्रतियां लोगों तक पहुंच पाईं। इसमें सन्देह नहीं कि नीत्शे की यह कृति क्लासिकों में अपना स्थान बना सकी।

नीत्शे अब अच्छाई-बुराई, मूल्यों, मर्यादाओं और नैतिक प्रश्नों के साथ ज़्यादा उलझ रहा था, बल्कि इस विषय पर लिखते वक़्त अकसर वह गुस्से में भरा लगता है। वह दार्शनिक सिद्धान्तों को जन्म देने से नफ़रत करता है। उसका मूल विश्वास शोपेनहावर के इच्छाशक्तिवाले सिद्धान्त से मिलती-जुलती शुरुआत करके भी अलग जा खड़ा होता है। शोपेनहावर ने इच्छाशक्ति द्वारा दुखों से मुक्ति की कल्पना की थी। वह चाहता था कि मानव मानव का सहभोक्ता हो, दूसरे के दुखों को स्वयं जिए और इस तरह जीवन में निर्वाण की स्थिति पा जाए।

नीत्शे इस सिलसिले में घोर नकारवादी है। वह परमशक्ति प्राप्त करने के लिए इच्छाशक्ति पर ज़ोर देता है। इस प्रक्रिया में वह हर परम्परा से, चाहे वह विचार ही क्यों न हो, लड़ता है। वह मनुष्य में शक्तिशाली होने के सहज स्वभाव को जगाना चाहता है। वह मानता है कि मनुष्य युद्ध इसलिए करता है कि वह कमज़ोर इच्छाशक्तिवाला होता है। रचनात्मक शक्ति के अभाव में वह तलवार उठाता है। आदमी मरने के बाद स्वर्ग जाने के लिए तथाकथित अच्छे काम इसीलिए करता है कि वह जीते जी अपने को कमज़ोर पाता है।

नीत्शे ईसाइयत का गहरा आलोचक था और उसने व्यंग्य किया है कि ईसाई अपने दुश्मन से इसलिए प्यार करता था कि वह चाहता था कि वह इसी आधार पर स्वर्ग जाए और दुश्मन को नरक की आग में जलता देखकर खुश हो। इसीलिए उसने सारे सामाजिक मूल्यों और नैतिक मर्यादाओं पर प्रश्नचिह्न लगाया है

1886 में उसने एक और किताब लिखी—'अच्छाई और दुष्टता से परे'। उसने अच्छे और बुरे तथा अच्छे और दुष्ट के बीच अन्तर किया। उसने अच्छे और दुष्ट की धारणा को दासों की नैतिकता कहा है। 'नैतिकता की वंशावली' उसने अगले साल प्रकाशित की।

इसके बाद उसने काफ़ी अन्तरंग क़िस्म की किताबें लिखीं, मसलन 'मूर्तियों का धुंधलका' या 'अपनी बात'। अपनी बात में बेहद व्यंग्यात्मक ढंग से नीत्शे ने अपने-आप को एक तटस्थ द्रष्टा मानकर खोजा और परखा है। यह उसके मनोवैज्ञानिक अध्ययन की एक कथा जैसी मानी जा सकती है।

इन दोनों किताबों के बीच उसने अपनी ज़बरदस्त विवादास्पद किताब लिखी—'ईसा के विरुद्ध'। इसमें उसने ईसाई नैतिकता की खुलकर आलोचना की है।

इन महत्त्वपूर्ण कृतियों के अलावा उसने कुछ और रचनाएं भी लिखीं। जब वह शोपेनहावर से काफी प्रभावित था तब उसने लिखी—'शोपेनहावर : एक शिक्षक। मानव व्यवहार के सामाजिक, सांस्कृतिक और मनोवैज्ञानिक विवेचन के बारे में उसकी लिखी पुस्तक का नाम है—'मानव : अत्यधिक मानवीय'। 'बोध का आनन्द लगभग औपनिषदिक् आध्यात्मिकता और

कवि-सुलभ कल्पनाशीलता की कृति है।

बीसवीं सदी में, उन्नीसवीं सदी के इस बीमार और टूटे हुए आदमी की कृतियों को व्यापक प्रतिष्ठा मिली। यहां तक कि नाज़ी भी उसकी उपेक्षा नहीं कर सका। हालांकि मूलतः वह नाज़ियों के राष्ट्रीय समाजवाद से बिलकुल ही अलग और अक़सर विरोधी बात कहता था, फिर भी नाज़ियों ने उसकी रचनाओं को तोड़-मरोड़कर छापा था।

इस सदी में नीत्शे के अलावा शायद ही कोई ऐसा दार्शनिक हो, जिसने ग़ैर मार्क्सवादी दुनिया में इतने अधिक बुद्धिजीवियों को प्रभावित किया हो। टामस मान, हर्मन हेस, आन्द्रे मार्लो, आन्द्रे ज़ीद, अल्बेयर कामू, रिल्के, स्टीफ़ेन जार्ज, ज़्यांपाल सार्त्र और जर्मनी के अनेक अस्तित्ववादी नीत्शे से गहरे तक प्रभावित हैं। यहां तक कि फ्रायड जैसे विचारक ने भी नीत्शे की तारीफ़ करते हुए स्वीकार किया है कि नीत्शे मानव-मनोविज्ञान में गहरी पैठ रखता था। उसने यहां तक कहा कि 'अपना अन्तरंग समझनेवाला नीत्शे के अलावा दूसरा व्यक्ति न पैदा हुआ है, न होगा।'

1889 में हमेशा की तरह सर्दियों का मौसम नीत्शे इटली में बिता रहा था। जनवरी के महीने में सर्दी यहां भी थी। बिखरे बालोंवाला यह बदहवास आदमी इधर कई रोज़ से बुरी तरह ख़ामोश दिखने लगा था।

दो पतली नदियों के मुहाने पर बसे पुराने शहर तुरिन या तोरिनों की गलियों के लोग अब उसे पहचानने लगे थे। अचानक उस दिन वह सड़क पर एक जगह खड़ा हो गया, लड़खड़ाया और गिर पड़ा। उसका सिर, मैले बालों सहित सड़क के भूरे पत्थरोंवाले फ़र्श से टकराया। लोगों ने देखा, सोचा शायद वह अब उठ पड़े; लेकिन वह वहीं, गुज़रते हुए जुलूस के बाद छूट गए विरोध के काले झंडे की तरह बिखरा पड़ा रहा।

भीड़ ने उसे उठाया। उठाकर सड़क के किनारे बैठा दिया। मगर वह नीत्शे नहीं कुछ और ही था। वह फटी-फटी, अजनबी आंखों से लोगों को घूर रहा था। उसे अब कुछ भी याद नहीं था। अपनी सदी की सबसे बड़ी चुनौती, नीत्शे, अब एक कोरी स्लेट में बदल चुका था।

उसे एक पागलख़ाने में भर्ती कर दिया गया। थोड़े दिन बाद उसे उसके परिवारवाले, सैक्सोनी के उसी पुराने इलाके में ले आए। ग्यारह बरस वह एक

कोरी स्लेट की तरह बोधहीन, विक्षिप्त जीता रहा।

कुछ लोगों का ख़याल है कि वह पुराने रोग सिफ़लिस के कारण ही पागल हुआ और यह रोग उसे वेश्यालय में नहीं मिला था, बल्कि उन दिनों मिला था, जिन दिनों वह फ्रांस और प्रशा की लड़ाई में नर्स का काम कर रहा था। अगर वह वहां मिला था, तो बहुत क़ीमती था कि भले ही ग्यारह बरस के लिए नीत्शे का दिमाग़ खा गया, लेकिन उससे पहले वह कुछ दे गया, जो आदमी को आदमी से कुछ ज़्यादा बनाता है।

ज़रथुष्ट्र ने कहा

प्रवेशक

तीस बरस की उम्र में ज़रथुष्ट्र पहाड़ों पर चला गया। उसने घर छोड़ दिया। वहां उसने दस बरस तक अपने अकेलेपन को सुख से जिया। आख़िर एक गुलाबी सुबह उसने अपने-आप को बदला हुआ पाया। तब उसने सूर्य को सम्बोधित किया—

> ओ महान सितारे! सोचो तो ज़रा अगर यह संसार न हो तो तुम किसे रोशन करोगे? क्या तब भी तुम इतने ही खुश होगे?
>
> मेरे अन्दर के गिद्ध और मेरे मन के सांप के लिए नहीं, तो फिर तुम किसलिए दस बरस मेरी इस गुफ़ा में हर रोज़ बिना थके झांक जाते थे?
>
> मैं अब अपने बोझ को ढोता-ढोता थक गया हूं। जैसे तुम हर शाम अंधेरे में खो जाते हो, उसी तरह अब मैं भी अतल में समा जाना चाहता हूं; लेकिन कहां?
>
> ओ निस्संग दृष्टि! मुझे दुआ दो कि यह प्याला छलकने से पहले एक चमक दे जाए। दुआ दो, क्योंकि यह प्याला अब छलक रहा है और ज़रथुष्ट्र फिर आदमी बन रहा है।

2

ज़रथुष्ट्र पहाड़ से उतर आया। जंगल में उसे एक बूढ़ा मिला, जो भूखा था। बूढ़े ने ज़रथुष्ट्र से कहा—

> यह वही ज़रथुष्ट्र है, जो कई बरस पहले इधर से गुज़रा था। अब वह बदल गया है।
>
> अब तू जाग गया है। यहां इन सोए हुए लोगों के बीच तू क्या करेगा?

ज़रथुष्ट्र ने कहा—

मुझे आदमी से प्यार है। मैं आदमी के लिए एक भेंट लाया हूं।

बूढ़े ने कहा —

आदमी भिखारी है। उसे भीख दो और भीख मांगने दो।

ज़रथुष्ट्र ने कहा—

नहीं! यह मुझसे नहीं होगा।

बूढ़ा ज़रथुष्ट्र की बात पर हंसा और बोला—

आदमी को भूल जाओ। उससे बेहतर तो जानवरों से मिलो।

ज़रथुष्ट्र बच्चों की तरह हंसने लगा। बूढ़ा भी उसी तरह हंसा और एक ओर चला गया। ज़रथुष्ट्र अब फिर अकेला था। उसने सोचा—क्या इस बूढ़े को नहीं मालूम कि ईश्वर मर चुका है?

3

तब ज़रथुष्ट्र एक शहर में पहुंचा। बाज़ार में चहल-पहल थी और लोग एक नट का इन्तज़ार कर रहे थे। ज़रथुष्ट्र ने उनसे कहा—

मैं तुम्हें महामानव के बारे में बताऊंगा। मुझे बताओ, आदमी से कुछ ज़्यादा बनने के लिए तुमने क्या किया? जैसे तुम एक बन्दर देखकर हंसते हो, महामानव तुम पर हंसेगा। आओ, मैं तुम्हें महामानव बनना सिखाऊं।

क्या तुम्हारी आत्मा गन्दी और ग़रीब नहीं है? महामानव समुद्र होता है, मानव एक गन्दा नाला। तुम्हें समुद्र बनना होगा, जिसमें अपनी तमाम सड़न और गन्दगी के साथ छोटी-छोटी धाराएं समा जाती हैं।

जिसे तुम अच्छा या बुरा कहते हो, वह तुम्हारी कमज़ोरी है।

ज़रथुष्ट्र की बात सुनकर लोगों ने कहा—

हमने नट की बातें तो काफ़ी सुन लीं। अब हम उसका तमाशा भी देखना चाहते हैं। ओ नट! रस्सी पर नाचो।

लोग ज़रथुष्ट्र पर हंस रहे थे और नट ने समझा वह बात उसके लिए कही गई है। इसलिए वह रस्सी पर नाचने लगा।

4

ज़रथुष्ट्र ने लोगों की तरफ़ आश्चर्य से देखा और कहा—

महामानव और पशु के बीच तनी हुई यह रस्सी ही है मानव! इस रस्सी पर यात्रा ख़तरनाक होती है।

मानव तब बड़ा कहा जाएगा, जब वह एक पुल बने, मंज़िल नहीं। मानव में वही प्यार करने लायक है, जो उसे नीचे नहीं, ऊपर ले जाता है।

मैं उसे प्यार करता हूं, जो अपनी मर्यादा खुद बनाता है और जो मर्यादाओं से लिपटता नहीं।

मैं उसे प्यार करता हूं, जो अपना ईश्वर स्वयं बनाता है।

मैं उसे प्यार करता हूं, जिसका अन्तर्मन मुक्त है और जिसकी समझ उसकी संवेदनाओं का प्याला है।

देखो, मैं विद्युत की चमक हूं। बादलों से गिरती एक भारी बूंद हूं और विद्युत है स्वयं महामानव।

5

यह कहकर ज़रथुष्ट्र ने फिर लोगों की तरफ़ देखा। वे चुप थे। ज़रथुष्ट्र ने सोचा कि वे उसकी बात समझ नहीं सके। वह उन लोगों के कान नहीं बन पाया।

क्या पहले उनके कान बहरे कर दिए जाएं, ताकि वे आंखों से सुनना सीखें?

आख़िर लोग किस पर अभिमान कर रहे हैं? क्या है उनके पास? शायद

वे अपने को छोटा कहा जाना पसन्द नहीं करते। तब ज़रथुष्ट्र ने उनसे फिर कहा—

अब वक़्त आ गया है कि आदमी अपनी मंजिल पहचाने। वक़्त आ गया है कि वह अपनी सबसे ऊंची आशा का बीज बोए। अभी उसकी ज़मीन काफ़ी उपजाऊ है।

सुनो, तुम आज भी अंधेरे में दिशाहीन भटक रहे हो। अफ़सोस है कि वह वक़्त आनेवाला है, जब आदमी दुबारा किसी सितारे को जन्म देने लायक नहीं रहेगा।

आख़िरी आदमी आंख मारकर कह रहा है —

हमने खुशियां बटोर लीं।

यही मूर्ख है, जो बराबर भटकता हुआ पत्थरों से ठोकरें खा रहा है या आदमी से। थोड़ा-थोड़ा ज़हर खाता हुआ। कितना खुश है, अपने खुशियों-भरे सपनों में! अन्तिम ज़हर उसे कितनी आरामदेह मौत देगा!

आख़िरी आदमी आंख मारकर कह रहा है—

हमने खुशियां बटोर लीं।

ज़रथुष्ट्र के उपदेशों का यह प्रवेशक यहीं समाप्त हो जाता है क्योंकि चीख़ती हुई भीड़ ने उसे टोक दिया।

6

फिर अचानक कुछ ऐसा हो गया कि हर मुंह ख़मोश हो गया और हर आंख उसकी ओर उठ गई। रस्सी पर नाचते हुए नट ने अपना खेल शुरू कर दिया था। रस्सी एक मीनार से दूसरी मीनार तक तनी हुई थी। अभी वह आधी दूर ही था कि एक दरवाज़ा खुला और भद्दी पोशाकवाला एक आदमी निकलकर उसे

गालियां देने लगा।

तभी वहां एक बहुत बड़ा हादसा हो गया। लोग चीख़ पड़े। सिर्फ़ एक आख़िरी क़दम रखने से पहले नट का पैर रस्सी से फिसल गया। लोगों की भीड़ नीचे से भाग पड़ी।

क्षत-विक्षत नट के पास ज़रथुष्ट्र अकेला घुटनों के बल बैठा था। थोड़े से होश में आकर नट ने कहा—

मुझे पहले ही मालूम था कि शैतान मुझे धोखा देगा। उसने कहा था कि वह मुझे ऊपर ले जाएगा और अब वह मुझे नरक की ओर ले जा रहा है। क्या तुम उसे रोक सकते हो?

ज़रथुष्ट्र ने कहा —

शैतान और नरक कहीं नहीं हैं। तुम्हारे शरीर के साथ ही तुम्हारे प्राण भी मर जाएंगे। डरते क्यों हो?

मरते हुए उसने ज़रथुष्ट्र का हाथ आभार से थाम लिया।

7

ज़रथुष्ट्र ने उसकी लाश कन्धे पर लाद ली। वह सोच रहा था कि यह उसकी पहली उपलब्धि है। तभी कोई उसके कान में फुसफुसाया—

इस शहर से चले जाओ ज़रथुष्ट्र! यहां लोग तुमसे नफ़रत करते हैं। लोग नीतिवान हैं। बेहतर है, तुम चले जाओ, वरना मैं ही तुम्हें मार दूंगा!

यह वही भद्दी पोशाकवाला आदमी था, जो अपनी बात कहकर गायब हो चुका था।

शहर के फाटक पर उसे कुछ क़ब्र खोदनेवाले मिले। उसे पहचानकर वे बोले—

अच्छा हुआ ज़रथुष्ट्र क़ब्र खोदनेवाला बन गया।

ज़रथुष्ट्र ने कोई जवाब नहीं दिया। जब वह दूर निकल गया, तो उसने सुना—भूखे भेड़िए चीख़ रहे हैं। ज़रथुष्ट्र खुद भी भूखा था। एक दरवाज़े को खटखटाने पर एक बूढ़ा बाहर आया। ज़रथुष्ट्र बोला—

मैं भूखा हूं और मेरे साथ एक लाश है।

बूढ़े ने उसे रोटी और शराब दी और कहा—

इस लाश को भी खिलाओ?

ज़रथुष्ट्र ने कहा—

मैं इसे खिला सकने में असमर्थ हूं।

इसके बाद ज़रथुष्ट्र लाश लादकर चार घंटे और चला। तब उसने लाश को जंगली जानवरों से बचाने के लिए एक दरख़्त पर रख दिया और खुद नीचे सो गया।

8

सुबह वह जागा तो उसे एक नया सत्य मिल गया था। उसने अपने-आप से कहा—

मुझे रोशनी मिल गई है। अब मुझे लाश नहीं जीवित साथी चाहिए।

अगर भेड़ों के उस झुंड से कुछ लोग मैं अपने साथ लूंगा तो लोग कहेंगे, ज़रथुष्ट्र डाकू है, भेड़े ले गया।

कैसा अजीब है कि वे उसके दुश्मन हो जाते हैं, जो उनकी नैतिक मर्यादाओं का खोल तोड़ दे।

अब मुझे साथी चाहिए। ज़मीन तैयार है। यह मेरे साथ खेती करेगा।

ओ लाश! अब मैं तुम्हें यहीं छोड़ता हूं और अपनी मंज़िल की तरफ़ यात्रा शुरू करता हूं।

ज़रा देखो ! वे नफ़रत किससे कर रहे हैं ? उससे जो उनके मूल्य तोड़ता है। वे नहीं जानते कि वह तोड़नेवाला ही सही निर्माण करनेवाला है—स्त्रष्टा है।

अब दोपहर हो गई थी। उसने देखा—ऊपर एक पक्षी बोल रहा था। एक चील उड़ रही थी, जिसकी चोंच में सांप लटका हुआ था। सांप, किसी शिकार की तरह नहीं, दोस्त की तरह। ज़रथुष्ट्र अब अपने बोध के साथ नीचे आ रहा था।

ज़रथुष्ट्र ने कहा

पहला खंड

1. तीन कायाकल्प

मैं तुम्हें आत्मा के तीन कायाकल्प देता हूं—कैसे आत्मा एक ऊंट बन जाती है, ऊंट से शेर और शेर से एक शिशु बनती है।

भारी किसे कहते है?—बोझ ढोती हुई आत्मा पूछती है और ऊंट की तरह घुटनों पर झुक जाती है।

उत्तर मिलता है—बोझ यही है कि समझदारी दिखाने के लिए अपनी कमज़ोरियों पर हंसो।

यही बोझ है, जिसे लादे हुए आत्मा किसी ऊंट की तरह वीराने में चलती चली जाती है।

वीराने में एक और कायाकल्प होता है—आत्मा शेर बन जाती है। वह मुक्त होती है और वीराने पर शासन करती है। आत्मा यहां ईश्वर नाम के जन्तु को बड़ा मानने से इनकार कर देती है। ईश्वर कहता है—तुम्हें करना चाहिए। शेर कहता है—मैं नहीं करूंगा!

तमाम मूल्य और मर्यादाएं उसके लिए अप्रासंगिक होती हैं। नई मर्यादाएं रचना उस शेर का काम होता है।

लेकिन वह शेर एक शिशु में क्यों बदल जाता है? क्योंकि वही एक नई शुरुआत। वही आत्म-सन्तरण है। वही क्षण अपने-आप को गति देता है। वह अपनी इच्छाशक्ति का एक नया नियन्ता होता है।

2. मूल्यों की शास्त्रीय कुर्सियां

लोगों ने ज़रथुष्ट्र की इसलिए तारीफ़ की कि वह समझता था और नींद और

मर्यादा, दोनों के बारे में बता सकता था। युवा लोग उसके सम्मान में उसकी कुर्सी के सामने आ बैठे थे। ज़रथुष्ट्र ने उनसे कहा—

> नींद के सामने तुम्हें विनयशील होना होगा। उन लोगों में मत शामिल हो, जो रात को जागते हैं और नींद ख़राब करते हैं।
>
> विनय तो उस चोर में है, जो रात में बिना आहट चोरी करता है। वह उद्दंड है जो पहरेदार है और जो रात को बार-बार 'जागते रहो' की आवाज़े लगाता है।
>
> सोना मामूली कला नहीं है, क्योंकि इसके बाद आप दिन-भर जाग सकते हैं और इससे भी ज़रूरी यह है कि मर्यादावाला आदमी अपनी मर्यादाओं को सोने की मोहलत दे।
>
> शक्ति हमेशा टेढ़े-मेढे क़दमों से चलती है।

यह कहकर ज़रथुष्ट्र ने सोचा—सुखी वही है, जो समझ के आमने-सामने होता है। मेरी इस शास्त्रीय कुर्सी में एक जादू पैदा हो गया है। मेरा काम है कि मैं जागने की वह समझ पैदा करूं, जो अच्छी नींद ला सके। अब मुझे पता लग गया कि लोग दरअसल नैतिक आदमी की तलाश इसलिए करते थे कि वे अच्छी तरह सो सकें और तब उन्हें नशीली मर्यादाएं स्वीकार करनी होती थीं।

3. पिछली दुनिया के आदमी

एक बार पिछली दुनिया के आदमियों की तरह ज़रथुष्ट्र ने भी आदमी से परे देखने में रुचि लेनी शुरू की। उस वक़्त उसे दुनिया एक पीड़ित और सन्त्रस्त ईश्वर की रचना महसूस हुई। रचनात्मक दृष्टि से ईश्वर का यह रंगीन धुएंवाला सपना, जिसमें अच्छा भी था बुरा भी, खुशियां भी थीं ग़म भी, ज़रथुष्ट्र ने देखा और कहा—

> यन्त्रणा झेलनेवाले के लिए इससे ज़्यादा नशीली खुशी और क्या हो सकती है कि अपनी यातना की ओर से आंखें बन्द कर ले और अपने-आप को भूल जाए
>
> यह दुनिया अपने असमर्थ स्रष्टा से कितनी खुश है, जबकि यह दुनिया इस

छोर से उस छोर तक अपूर्ण और अशुद्ध है। इसमें विरोधाभास है और यह अधूरेपन की कहानी है।

दोस्तो, मैं कहता हूं, जिस ईश्वर को मैंने रचा था, वह एक मानवीय रचना-भर ही था और मानव के पागलपन से अधिक कुछ बन नहीं पाया था।

और सुनो, अब मैं पिछली दुनिया के आदमियों से कहता हूं—मैं अपने-आप से आगे निकल गया हूं। मैं जो यातना में जीता था, उसे पीछे छोड़ आया हूं और अपनी राख लेकर पहाड़ पर पहुंच गया हूं।

वह भोगी जानेवाली यातना और नपुंसकता ही थी, जिससे पिछली दुनिया बनी थी।

बीमार और धीरे-धीरे मरते हुए लोग अन्धों की तरह एक रास्ता चुनने के बाद उस पर चलते रहे हैं। इन्हीं लोगों ने तो धरती छोड़कर स्वर्ग का चुनाव किया था।

ज़रथुष्ट्र इस बीमार सभ्यता के प्रति सदय हो उठता है। वह जानता है कि धरती पर जीनेवाले कृतघ्न लोग स्वर्ग की कामना करते हैं; पर वह उनसे नाराज़ नहीं होता। वह चाहता है कि वे अपने से कुछ ऊपर उठें। ज़रथुष्ट्र ने कहा—

इन्हीं बीमार लोगों ने ईश्वर की कामना की है और इतने-भर से ही खुश हैं। उनके लिए सन्देह करना पाप करना है। वे चाहते हैं कि उनका यह विश्वास सभी ओढ़ें।

उनके लिए उनका शरीर घृणित है और उससे मुक्ति की वे तलाश करते हैं। इसीलिए वे उनकी सुनते हैं, जो पिछली दुनिया के उपदेशक हैं।

दोस्तो, उस स्वस्थ शरीर की बात सुनो, जो दृढ़ निश्चयी है और जिसकी आवाज़ शुद्ध है।

4. शरीर से नफ़रत करनेवाले

ज़रथुष्ट्र ने सोचा कि मैं उन्हें सम्बोधित करूंगा, जो अपने शरीर से नफ़रत करते हैं। मैं न तो उन्हें कोई नई बात बताना चाहता हूं और न ही कुछ नया सिखाऊंगा। मैं चाहता हूं कि वे अपने शरीर को अलविदा कह दें और मौन हो जाएं। ज़रथुष्ट्र ने कहा—

बच्चे ने कहा—मैं शरीर भी हूं और आत्मा भी, फिर वे जो शरीर और आत्मावाले हैं, बच्चों की भाषा क्यों नहीं बोलते?

जो प्रबुद्ध है, वह कहता है—मैं सर्वांग शरीर ही हूं और आत्मा उसे मानना चाहिए, जो इसके अन्दर है।

जिसे इन्द्रियां जानती हैं और प्राण पहचानते हैं, वह स्वयंसिद्ध सत्य नहीं है। इन्द्रियों और प्राण का रिश्ता एक बाजे और बजाने की प्रक्रिया का रिश्ता है। इन दोनों के पीछे है स्वयं आत्मा।

आत्मा हमारी चेतना से कहती है—यह कष्ट है। इसे महसूस करो और हम यातना महसूस करने लगते हैं। वह कहती है—यह सुख है और हमें वही सुख लगने लगता है।

स्रष्टा आत्मा ने अपने लिए घृणा और प्यार को जन्म दिया और उसी ने सुख और दुख रच लिए। हां, वह अपने से परे कुछ नहीं रच सकता, इसीलिए वह ऐसी स्थिति की कामना करता है, जिसमें वह अपने से परे कुछ रच सके।

5. ख़ुशियां और आकर्षण

ज़रथुष्ट्र ने कहा—

मेरे दोस्त, अगर तुम्हारे पास कोई मर्यादा है और वह तुम्हारी अपनी मर्यादा है, तो उसे सबसे अलग होना चाहिए। सबकी जैसी नहीं।

याद रखो, उस मर्यादा को न तो गाली देना, न गले लगाना। न उसे ताड़ना देना, न उससे ख़ुश होना।

लेकिन ज़रा ध्यान से देखो, अब जिसे तुम अपनी मर्यादा कहते हो, वही भीड़ की मर्यादा भी है और इसीलिए सहसा तुम भेड़ों के हुजूम में से एक लगने लगे हो।

मैं कहता हूं—अपनी मर्यादा इतनी ऊंची बनाओ कि वह दूसरों से अलग हो। तुम्हारी अपनी हो। ईश्वर की नैतिकता और आदमी के क़ानून की तरह वह सबकी नहीं, तुम्हारी अपनी हो।

एक बार तुम्हारे अन्दर कामना जागी और तुमने कहा, यह पाप है; लेकिन तुम्हारी मर्यादा आख़िर आई कहां से? इसी कामना से ही तो! तुम्हारी कामनाएं ही अन्त में तुम्हारी मर्यादाएं बनती हैं।

6. भयभीत मुज़रिम

समाज के नियन्ता और बलि देनेवाले अक़सर जानवर को उसका सिर झुकवाने के लिए मार डालते हैं। डरा हुआ अपराधी सिर झुका रहा है और उसकी आंखों में नफ़रत बोल रही है। ज़रथुष्ट्र ने कहा—

इस तरह जो यातना झेल रहा है, उसके लिए मुक्ति नहीं। ओ, बलि देनेवालो, उसकी हत्या, तुम्हारा बदला नहीं, दया होगी। उसे एक झटके से मर जाने दो।

तुम उसे असमर्थ नहीं, बुरा मानते हो। मूर्ख नहीं, पापी कहते हो। अगर तुम सच बोलो, तो लोग चीख़कर कहेंगे—दूर हो जा नारकीय कीड़े!

याद रखो, विचार एक चीज़ है, कर्म दूसरी चीज़ और तीसरी चीज़ है, कर्म की धारणा। इन तीनों में कार्य-कारण का रिश्ता नहीं होता।

इस डरे हुए आदमी का डर उसकी यह धारणा ही है। कुछ करते वक़्त वह ठीक-ठाक था। बस, उसी वक़्त उसके लिए यह सब असह्य हो गया, जब

अपने किए की धारणा उसके दिमाग़ में आ गई।

सच कहूं—जो कुछ अपवाद था, वही उसके लिए नियम बन गया। जैसे मुर्ग़ी खड़िया की लक़ीर से डर जाती है, उसी तरह उसकी कमज़ोर बुद्धि अपने किए पर डर गई।

न्यायाधीश कहता है कि हत्यारा लूटना चाहता था। यह ग़लत बात है। हत्यारे की आत्मा हत्या करना चाहती थी, लूट नहीं। वह छुरे से मिलनेवाली ख़ुशी के लिए तड़प रहा था।

लेकिन उसकी कमज़ोर समझ में यह बैठ गया, ख़ून तो इसीलिए हुआ कि उसके पीछे लूट या बदले की धारणा थी। यह तर्क उस भयभीत आदमी के दिमाग़ में बैठ जाता है। इसीलिए वह हत्या के बाद लूट लेता है। यह आदमी क्या है? बीमारियों का एक ढेर।

7. पढ़ना और लिखना

ज़रथुष्ट्र अपने-आप को हरहराकर बहती धारा के किनारे बनी वह दीवार मानता है, जिसे जो पकड़ना चाहे, पकड़ ले। हां, वह किसी की बैसाखी नहीं बन सकता। ज़रथुष्ट्र ने कहा—

अब तक जो कुछ भी लिखा गया है, उसमें से मैं सिर्फ़ उसे ही प्यार करता हूं, जो रक्त से लिखा गया है, क्योंकि रक्त से लिखे हुए में ही आत्मा की तलाश की जा सकती है। हर आदमी को पढ़ने की छूट है। इसका नतीजा यह है कि आगे चलकर लिखना और सोचना दोनों बरबाद होंगे, जो रक्त से लिखता है, उसकी बात पढ़ी नहीं, दिल में उतारी जाती है।

अब मुझमें और तुममें कुछ भी एक जैसा नहीं रहा। अपने नीचे जो मुझे बादल और अंधेरा दीख रहा है, वह तुम्हारा है। तुम ऊपर देखते हो, क्योंकि तुम ऊंचे उठना चाहते हो और मैं नीचे देख रहा हूं, क्योंकि मैं ऊपर उठ चुका हूं।

हम ज़िन्दगी से इसलिए नहीं प्यार करते कि हम ज़िन्दा रहना चाहते हैं, बल्कि इसलिए प्यार करते हैं कि प्यार करना चाहते हैं। प्यार में पागलपन

होता है; लेकिन पागलपन में एक तर्क, एक सिलसिला रहता है।

मैंने चलना सीखा और मैं दौड़ने लगा। मैंने उड़ना सीखा। तब से किसी एक जगह से आगे जाने के लिए अब मुझे धक्के की ज़रूरत नहीं रही।

अब मैं रोशनी हूं और उड़ सकता हूं और अपने नीचे अपने-आप को देख सकता हूं। अब ईश्वर मुझमें थिरक रहा है।

8. पहाड़ी पर दरख़्त

ज़रथुष्ट्र ने देखा कि एक युवक उससे कतराता है। एक शाम जब वह पहाड़ी पर घूम रहा था, उसने उसी युवक को एक दरख़्त के नीचे बैठे देखा। वह थकी आंखों से घाटी में झांक रहा था। ज़रथुष्ट्र उस दरख़्त के क़रीब बैठ गया और बोला—

अगर मैं इस दरख़्त को अपने हाथ से हिलाना चाहूं, तो हिला नहीं सकूंगा; लेकिन हवा, जो दिखाई नहीं देती, इसे हिला देती है, झुका देती है। अदृश्य हाथ ही हमें कष्ट देते हैं और झुकाते हैं।

युवक, असम्पृक्त-सा उठा और बोला—

अभी मैं ज़रथुष्ट्र के बारे में सोच रहा था और अब उसी की आवाज़ सुनाई दे रही है।

ज़रथुष्ट्र ने कहा—

डरो मत। आदमी के साथ भी वही होता है, जो दरख़्त के साथ। वह जितना ज़्यादा ऊंचाई और रोशनी की ओर बढ़ता है, उतनी ही ज़्यादा गहरी ज़मीन में उसकी जड़ें धंसती जाती है—नीचे, अंधेरी खाइयों में, पाप में।

युवक चीख़ा—

> हां, पाप में! तुम ठीक कहते हो। जब से मैं ऊंचाई पर आने लगा हूं, लोगों ने मुझ पर विश्वास करना छोड़ दिया। मेरा वर्तमान मेरे अतीत को अस्वीकार करता है। ऊंचा उठने की आकांक्षा के साथ ही मेरा दर्द भी बढ़ता है।

युवक चुप हो गया। ज़रथुष्ट्र उस दरख़्त के क़रीब खड़ा हुआ सोचता रहा, फिर बोला—

> यह दरख़्त यहां हर इनसान और दरिन्दे से ऊपर उठकर अकेला खड़ा है। अब इसे किसका इन्तज़ार है? शायद इसे बादलों से बिजली गिरने का इन्तज़ार है।

युवक बेचैन होकर बोला—

> ज़रथुष्ट्र, तुम ठीक कहते हो। मुझे मृत्यु का इन्तज़ार है और बादलों से गिरनेवाली वह बिजली तुम हो।

युवक रो पड़ा। ज़रथुष्ट्र ने उसके कन्धे पर हाथ रखकर उसे अपने साथ ले लिया। साथ चलते हुए वह बोला—

> तुम मुक्ति चाहते हो। उसी की छटपटाहट महसूस कर रहे हो। प्यार और आशा कभी मत छोड़ो। नया आदमी, नई मर्यादाएं बनाएगा। पुरानी मर्यादाओं को पुराने आदमी के साथ तहख़ानों में रख दो। मैं प्यार और आशा से तुम्हारा अभिषेक करता हूं। ये पहाड़ तुम्हारी सबसे बड़ी आशा का प्रतीक होगा।

9. मृत्यु के प्रचारक

कुछ लोग मृत्यु का प्रचार करते हैं और दुनिया में ऐसे लोगों की कमी नहीं है, जो जीवन से दूरी बतानेवाले उपदेश सुनना चाहते हैं। इन प्रचारकों के दो रंग

हैं। एक पीला और दूसरा नीला; लेकिन ज़रथुष्ट्र दूसरे रंग भी जानता है। ज़रथुष्ट्र ने कहा—

कुछ लोग ऐसे भयानक होते हैं कि वे अपने अन्दर एक पशु पाले रखते हैं और उससे अपने-आप को लहूलुहान कराते रहते हैं। वे आदमी नहीं बन सके। वे ज़िन्दगी से फ़ासले के बारे में भला क्या बता सकते हैं?

कुछ ऐसे आध्यात्मिक भुक्खड़ होते हैं, जो पैदा होने के साथ ही मरना शुरू कर देते हैं। एक मरा हुआ या बीमार आदमी देखकर ही वे कह बैठते हैं, ज़िन्दगी असार है।

कुछ कहते हैं—जीवन एक यातना है। इसीलिए वे जीवन समाप्त करना चाहते हैं और यही असली यातना पैदा करता है।

कुछ कहते हैं—वासना पाप है। बच्चे मत पैदा करो। कुछ तो किसी को जन्म देना ही गुनाह मानते हैं। हर जगह मृत्यु के प्रचारकों की आवाज़ सुनाई देती है और हर कहीं मिल जाते हैं वे, जिन्हें इस आवाज़ की ज़रूरत है।

10. युद्ध और योद्धा

ज़रथुष्ट्र ने कहा—

मेरे सैनिक दोस्तो, मुझे तुमसे प्यार है, क्योंकि मैं तुम्हारा पूरक हूं। मैं तुम्हारा सबसे अच्छा शत्रु भी हूं।

तुम इतने महान नहीं हो कि घृणा और ईर्ष्या को न पहचान सको; लेकिन फिर तुम इतने बड़े ज़रूर बन जाओ कि इस अज्ञान के लिए शर्मिन्दगी महसूस न करो।

तुम शान्ति को युद्ध के एक साधक की तरह पसन्द करते हो। लम्बी शान्ति की तुलना में तुम्हें अस्थाई शान्ति से ज़्यादा प्यार है। तुम्हें बताऊं, अच्छाई क्या है? अच्छाई है, साहस। तुम्हें लोग निर्दय कहते हैं। मैं मानता हूं, तुम यह हो, क्योंकि तुम्हारा दिल साफ़ है।

11. नई मूर्ति

जरथुष्ट जानता है कि कहीं लोग हैं, भीड़ है; लेकिन वह हमारे साथ नहीं है। यहां शासनतन्त्र है। शासनतन्त्र क्या है आख़िर?

ज़रथुष्ट्र कहता है—

सभी सर्द ख़ूनवाले दैत्यों में शासन सबसे सर्द ख़ूनवाला होता है। वह बड़े सर्द लहजे में बोलता है। उसका सर्द झूठ उसके जबड़ों से फिसलकर बाहर आता है—मैं शासन हूं, मैं ही जानता हूं।

यह झूठ है। वे स्रष्टा थे, जिन्होंने लोग बनाए और उन पर विश्वास और प्यार लटका दिए।

वे विध्वंसक हैं, जिन्होंने लोगों के लिए एक जाल फैलाया और उसे नाम दिया, शासन।

जहां आज भी लोग हैं और जहां शासन को सही-सही समझा जाता है, वहां लोग शासन को घृणित मानते हैं।

अच्छे और बुरे हर शब्द के माध्यम से शासन झूठ बोलता है और यही इसकी पहचान है। शासन अपने को ईश्वर की इच्छा मानता है।

इस नई मूर्ति को पूजने पर तुम्हें सब-कुछ मिलेगा। एक नारकीय धूर्त्तता के साथ शासन तुम्हें लोभ दिखाता है।

उनकी इस मूर्ति से बदबू आती है। इस बदबू से बचो! मानव की निरन्तर बलि के इस इतिहास में शामिल मत होओ।

शासन के समाप्त होने के बाद ही ऐसा मानव जन्म ले सकता है, जो निरर्थक न हो!

12. कौमार्य का ब्रह्मचर्य

ज़रथुष्ट्र नगरों की तुलना में जंगल इसलिए पसन्द करता है कि जंगलों में लोग

अपनी लोलुपताएं नहीं पालते। जंगल में खड़े होकर ज़रथुष्ट्र ने कहा—

क्या किसी हत्यारे के हाथ पड़ जाने से यह अच्छा नहीं कि मैं किसी वासनादग्ध औरत के सपनों में उलझा रहूं?

ज़रा इन आदमियों की आंखें देखो, जो कह रही हैं कि वे औरत के सामने झूठ बोलने से बेहतर काम अभी तक नहीं खोज पाए। उनकी आत्मा की तली में गन्दगी और सड़न पल रही है। अफ़सोस है कि उस सड़न को भी वे जी नहीं सकते।

मैं नहीं कहता कि अपनी संवेदनाओं की हत्या कर दो। मैं चाहता हूं, तुम उनमें मासूमियत पैदा करो।

मैं नहीं कहता कि तुम उस ब्रह्मचर्य का पालन करो, जो कुछ लोगों के लिए मर्यादा है; लेकिन वास्तव में वह गुनाह है। वासना के कुत्ते को गोश्त न मिले, तो वह आत्मज्ञान के एक कण के लिए रिरियाता है।

तुम्हारी आंखों में निर्ममता है और तुम्हारी वासना ही है, जिसे तुम समझते हो कि तुम लोगों के साथ दुख के भागी होने जा रहे हो।

जिनके लिए ब्रह्मचर्य मुश्किल है, उन्हें यह छोड़ देना चाहिए।

13. दोस्त

ज़रथुष्ट्र ने कहा—

मैं हमेशा अपने-आप से बातचीत करता रहता हूं। अगर कोई दोस्त न हो, तो जीना मुश्किल हो जाएगा।

तपस्वी कहता है कि उसके आसपास एक की उपस्थिति भी भीड़ की उपस्थिति है।

सच यह है कि तपस्वी का 'दोस्त' हमेशा तीसरा आदमी होता है—वह तीसरा, जो दो के बीच दीवार बना रहता है।

अपने दोस्त की तरफ़ देखो, वह तुम्हारा आईना है। तुम्हीं हो वहां।

अपने उस दोस्त को देखकर तुम निराश हुए? तो फिर समझ जाओ कि तुम्हें अपनी मानवीय सीमाएं लांघनी हैं।

14. एक हज़ार एक मंज़िलें

ज़रथुष्ट्र देश-विदेश घूमा। तरह-तरह के लोग उसने देखे। इस तरह उसने लोगों की अच्छाइयों और बुराइयों के बारे में जाना और वह समझ गया कि दुनिया में सबसे बड़ी शक्ति अच्छाई और बुराई है।

लोग इस पैमाने के बिना ज़िन्दा नहीं रह सकते। उन्हें लगता है कि वे अच्छाई की तरफ़ है और उनका पड़ोसी हमेशा बुराई की तरफ़। एक आदमी की अच्छाई दूसरे को बुराई महसूस होती है।

कभी किसी ने अपने पड़ोसी को समझने का कष्ट नहीं उठाया। हर आदमी के सिर पर महानता की कलंगी लगी होती है।

यह अच्छा है कि लोग जिसे मुश्किल मानते हैं और जिसके बिना उनका काम नहीं चलता, उसे वे अच्छा मान लेते हैं और जो उनकी सबसे बड़ी मुसीबत के वक़्त काम आता है, उसे वे पवित्र मानते हैं।

वे उसी को अर्थवान मानते हैं, जिसके जरिये वे दिग्विजय कर सकें, सबसे ऊंचे पर चमक सकें और जिससे उनके पड़ोसी जलें।

ज़रथुष्ट्र ने कहा—

जो दूसरों की तुलना में शक्तिशाली बनाए और दूसरों पर प्रभुत्व स्थापित करे, वह यूनान के वासी को प्रिय था।

मेरा नाम जिस जाति के लोगों से जुड़ा है, उनका आदर्श था, सच बोलो और तीर-कमान का इस्तेमाल करो।

कुछ लोग मां-बाप की सेवा को ही सब-कुछ मानते थे।

कुछ लोग नैतिक चरित्र की रक्षा के लिए जान ले लेते हैं या देने को तैयार रहते हैं।

मज़े की बात है कि यह जो अच्छा या बुरा उन्हें लगता है, इसे उन्होंने ख़ुद नहीं गढ़ा, बल्कि ईश्वर ने उन्हें बना दिया है।

आदमी इसीलिए अपने-आप को आदमी मानता है ताकि वह मूल्यांकन कर सके। वह मूल्यों को देना ही निर्माण करना मानता है।

सुनो, मूल्यांकन ही सृजनात्मकता है। सभी मूल्यों में मूल्य स्थापित करने की प्रक्रिया महान है।

ज़रथुष्ट्र जाने कहां-कहां घूमा; लेकिन उसे अच्छे और बुरे की रचना करने की योग्यता से ज़्यादा बड़ी शक्ति कहीं नहीं मिली।

15. रचनाकार का तरीक़ा

ज़रथुष्ट्र ने कहा :

खोजनेवाला अपने-आप में खो जाता है। दूसरों से अलग होने की धारणा ही ग़लत है। भीड़ यह मानती है और तुम लम्बे अरसे से भीड़ के ही हिस्से हो।

आज भीड़ ही तुममें बोलती है। जिस दिन तुम कहना चाहोगे कि तुम भीड़ से अलग हो, उस दिन तुम ज़ख्मी हो जाओगे।

हां, अगर तुम समझते हो कि तुम अकेले अपने-आप में डूबने में समर्थ हो, तो ज़रा मुझे अपनी शक्ति देखने दो।

क्या तुम नई शक्ति और नई सामर्थ्य हो? क्या तुम स्वयं अपने-आप को गति दे सकते हो? क्या तुम सितारों को अपने इर्द-गिर्द घूमने को मज़बूर कर सकते हो?

अफ़सोस यही है कि लोगों में ऊंचे उठने की महत्त्वाकांक्षाएं बहुत ज़्यादा हो गई हैं। लोगों के पेट में श्लाघा की मरोड़े उठती हैं। क्या तुम भी वही नहीं हो?

अफ़सोस यही है कि ख़याल बहुत बड़े हैं और उन्हें लेकर तुम जितना

ज़्यादा फूलते जाते हो, उतना ही अन्दर से खोखले भी होते जाते हो।

लोगों की इच्छा है कि वे मुक्त हो जाएं। हर कोई अपना बोझ पटक देना चाहता है; लेकिन इससे ज़रथुष्ट्र को क्या? ज़रथुष्ट्र ने कहा—

किससे मुक्ति? किसलिए मुक्ति? क्या तुम खुद अपने अच्छे और बुरे के निर्णायक नहीं हो सकते? अपनी इच्छाशक्ति को अपना नियामक नहीं बना सकते?

एक दिन जल्दी ही ऐसा आएगा जब तुम चीख़ोगे कि तुम अकेले हो। तुम्हारी ऊंचाइयां गायब हो जाएंगी और तुम उस अपने छोटेपन को अपने क़रीब पाओगे और तब तुम कहोगे—सब-कुछ झूठ है।

क्या तुमने मेरी बहन 'घृणा' को देखा है? क्या तुमने उस पीड़ा को पहचाना है, जो तुम अपने से घृणा करनेवालों को न्याय देते वक़्त महसूस करते हो?

तुम्हें कहना चाहिए—तुम मुझे न्याय क्या दोगे? मैं तो तुम्हारे अन्याय का हिस्सेदार होना चाहता हूं।

वे अकेले आदमी से नफ़रत करते हैं और उस पर गन्दगी उछालते हैं; लेकिन फिर भी तुम उन्हें रोशनी दो, क्योंकि इसी तरह तुम चमक सकते हो।

हां, सरल पवित्रता से बचो और देखो, प्यार तुम पर हावी न हो जाए।

अपने सबसे बड़े दुश्मन तुम खुद हो। घने जंगल में अकसर तुम अपने-आप को लूट लेते हो। अपनी आग में खुद अपने को जलाने के लिए तैयार रहो। राख होने से पहले तुम नया कुछ बन नहीं सकते।

अकेले तुम उसी रास्ते पर जाओगे, जिस रास्ते स्रष्टा ईश्वर गया था। अपने सात शैतानों को मिलाकर तुम एक ईश्वर गढ़ दोगे।

रचना के लिए उसकी ज़रूरत होती है जो तुम्हें प्यार करे क्योंकि वही घृणा करता है, जो घृणा नहीं कर सकता, वह प्यार भी नहीं कर सकता।

मेरे भाई, अपना प्यार लेकर एकान्त में चले जाओ। वहीं तुम रचना करोगे। तुम्हारे पीछे लंगड़ाता हुआ न्याय देर से आएगा।

मेरे भाई, एकान्त में जाओ तो अपने साथ मेरे आंसू ले जाओ, क्योंकि मैं उसी से प्यार करता हूं, जो अपने से परे कुछ बनाता है और इसी रास्ते मौत की तरफ़ जाता है।

16. जहरीला सर्पदंश

एक दिन ज़रथुष्ट्र अंजीर के दरख़्त के नीचे धूप से बचने के लिए, बांह अपने चेहरे पर रखकर लेटा था। तभी एक ज़हरीला सांप वहां आया और उसने उसकी गर्दन पर डस लिया। ज़रथुष्ट्र दर्द से चीख़ पड़ा। उसने अपनी बांह आंखों पर से हटाकर सांप की तरफ़ देखा। सांप उसे पहचानकर आंखें चुराता हुआ छिपने की कोशिश करने लगा। ज़रथुष्ट्र ने कहा—

नहीं, जाओ मत। अभी मैंने तुम्हें धन्यवाद कहां दिया? तुमने मुझे ठीक समय पर जगा दिया। अभी तो मुझे बहुत दूर जाना है।

सांप ने कहा :

अब तुम्हारी यात्रा छोटी हो गई है। मेरा विष घातक है।

ज़रथुष्ट्र ने मुस्कुराकर कहा—

महासर्प कहीं सांप के ज़हर से मरता है? यह लो, अपना ज़हर, मैं लौटाता हूं। अभी तुम इस लायक नहीं हो कि मुझे यह भेट दे सको।

सांप दुबारा उसकी गर्दन के क़रीब आया और उसके ज़ख्म को चूसने लगा। ज़रथुष्ट्र ने जब यह कथा अपने शिष्यों को सुनाई, तो एक शिष्य बोला—

इस कथा से क्या उपदेश निकलता है?

ज़रथुष्ट्र ने कहा—

जो अपने को अच्छे और नीतिवान मानते हैं, वे मुझे अनैतिक कहते हैं। मेरी कथा अनैतिक है।

अपने शत्रु की धूर्तता के बदले उसका उपकार मत करो, वरना उसका

हौसला बढ़ जाएगा। तुम अपने व्यवहार से यह साबित कर दो कि उसने तुम्हारा भला किया है। यह उसको चोट देगा। तुम्हें बद्दुआ मिले, तो ऐसा मत ज़ाहिर करो कि उसके बदले तुम दुआएं देना चाहते हो।

एक बड़ा अन्याय तुमसे हो जाए, तो फौरन पांच छोटे अन्याय भी कर डालो। वह आदमी घिनौना दिखता है, जिसने इकलौता अन्याय किया हो।

छोटों से बदला लेने से तो ज़्यादा मानवीय है कि बदला ही न लिया जाए।

मुझे तुम्हारे सर्द न्याय से नफ़रत है। तुम्हारे न्यायाधीश की आंखों में वध करनेवाले आदमी और उसके गंडासे की झलक दिखाई देती है।

तपस्वी एक कुआं होता है। उसमें पत्थर फेंकना आसान है, लेकिन पत्थर डूब जाने के बाद उसे निकालेगा कौन?

तपस्वी को चोट मत पहुंचाओ और अगर पहुंचा दो, तो फिर उसे वहीं मार भी डालो।

17. शिशु और विवाह

ज़रथुष्ट्र की इच्छा हुई कि अपने अन्दर घुमड़ते सवाल को वह अपने साथी के सामने रखे। उसने वह सवाल उसकी आत्मा के कुएं में रस्सी की तरह लटकाते हुए कहा—

तुम जवान हो। शादी करना और बच्चे पैदा करना चाहते हो, लेकिन ज़रा बताओ तो, क्या तुम इस लायक हो कि सन्तान की कामना करो?

क्या तुमने अपने-आप को जीत लिया है? अपनी मर्यादाओं के स्वामी बन गए हो?

मैं चाहूंगा कि तुम्हारी विजय और तुम्हारी मुक्ति ही सन्तान की कामना करे। वे तुम्हारे बोध और विजय के जीवित स्मारक हों।

मैं विवाह दो व्यक्तियों की उस रचनाशक्ति को मानता हूं, जो अपने से कुछ महान का निर्माण करे। इसी उद्देश्य के लिए दो व्यक्तियों के पारस्परिक सम्मान को मैं विवाह मानता हूं।

वे जिसे विवाह कहते हैं, उसके बारे में उनका ख़याल है कि वह स्वर्ग में सम्पन्न होता है। मुझे यह फालतूपन पसन्द नहीं। मुझे उन जानवरों से नफ़रत है, जिनके रिश्ते स्वर्ग तय करता है।

देखो, मेरे पीछे ईश्वर लंगड़ाता हुआ आ रहा है और वह उन्हें आशीष देना चाहता है, जिनके रिश्ते उसने तय नहीं किए। ऐसे विवाहों पर हंसो मत, जिनके रिश्ते स्वर्ग में तय हुए थे। भला बेटा भी कहीं अपने मां-बाप की गलती पर हंसता है!

हो सकता है, वह आदमी स्वर्ग में रिश्ते तय कराकर अपने-आप को धरती के लिए सार्थक मानता हो; लेकिन जब मैं उसकी पत्नी की ओर देखता हूं, तो मुझे लगता है, यह दुनिया पागलों से भरी हुई है।

ज़रूर यह ज़मीन थर्राएगी, अगर वह एक सन्त को किसी बत्तख के साथ मैथुन करते देख ले।

एक आदमी सत्य की तलाश में निकलता है और एक झूठ खोज लाता है, जिसे वह विवाह कहता है।

एक और आदमी विवाह के बारे में ख़ासा संयम बरत रहा था और हमेशा के लिए उसने एक ज़हमत ओढ़ ली। वह इसे विवाह कहता है।

एक और ऐसी देवी चाहता था, जो सेविका भी हो। अब वह ख़ुद एक औरत की सेवा करता है। यही उसकी शादी है।

18. चाही हुई मृत्यु

ज़रथुष्ट्र जानता है कि कुछ लोग देर से मरते हैं, कुछ जल्दी, इसीलिए ज़रथुष्ट्र ने कहा—

ठीक वक़्त पर मर जाओ।

सच यह है कि जो सही वक़्त पर जीता नहीं, वही सही वक़्त पर मरता भी नहीं।

हर कोई मृत्यु को एक बड़ी घटना मानता है, फिर भी वह मरना सुखद नहीं मानता। अभी आदमी ने इस सबसे बड़े पर्व को आनन्द के साथ मनाने की आदत नहीं डाली।

मैं बताता हूं कि कैसे मृत्यु जीतने का एक आश्वासन, एक उद्दीपन बन सकती है।

लोगों को मरना सीखना चाहिए, और मृत्यु के स्वागत के साथ ही जीने की कसम उठानी चाहिए।

मृत्यु सबसे अच्छी होती है। उससे कुछ कम अच्छा होता है, युद्ध में मरना।

लड़ाई में मृत्यु जीते हुए और विजित, दोनों के लिए नफ़रत करनेवाली चीज़ होती है। दांत निपोरे हुए मृत्यु चोर की तरह आती है और स्वामी की तरह सिर उठाकर चली जाती है।

मैं उस मृत्यु की कामना करता हूं, जो मेरे चाहने पर आती है। मैं उसी को पसन्द करता हूं।

हर ऐसे आदमी की तरह, ज़िसे मंज़िल और उत्तराधिकारी मिल गए हों, मैं भी उन्हीं दोनों की प्राप्ति के बाद ठीक वक़्त आया जानकर मृत्यु की कामना करता हूं।

मैं रस्सी बनानेवाला आदमी नहीं हूं, जो उतना ही पीछे होता जाता है, जितनी लम्बी रस्सी वह बनाता जाता है।

जो भी प्रसिद्ध होना चाहता है, उसे चाहिए कि वह एक नई कला सीखे। यह कला बहुत मुश्किल है, ठीक वक़्त पर चले जाने की कला।

सब-कुछ भोग चुकने के बाद इसका इन्तज़ार नहीं करना चाहिए कि स्वयं उसी को कोई भोगना शुरू कर दे।

बहुत से लोगों के लिए जीवन विष है। उनके अन्तर में एक ज़हरीला कीड़ा बिलबिलाता रहता है। कम-से-कम उन्हें तो यही कोशिश करनी चाहिए कि मृत्यु अमृत बन जाए। वे जीवन को असफलता मानते हैं, तो मृत्यु को ही सफलता में बदल जाने दें।

बहुत-से लोग पकते ही नहीं। वे गर्मियों में भी कठोर बने रहते हैं। इस तरह डाल से चिपके रहना कायरता है। पको और समय से डाल छोड़ दो।

अच्छा हो कि एक झटके में मृत्यु दिलानेवालों की भीड़ यहां आए और उस आंधी में हिलाकर हर दरख़्त का फल गिरा जाए, लेकिन यहां तो धीरे-धीरे मरना सिखानेवाले लोग घूमते रहते हैं।

वह यहूदी बहुत जल्दी मर गया, जिसके अनुयायी हैं धीरे-धीरे मरने का उपदेश देनेवाले। बहुत-से लोग मानते हैं कि वह बहुत जल्दी मर गया यही क़यामत है।

अगर वह अच्छाई और नीति से दूर वीराने में रहा होता, तो शायद जीना भी सीख जाता, धरती को प्यार करना और हंसना भी समझ जाता।

विश्वास करो दोस्तो, अगर वह मेरी उम्र तक ज़िन्दा रहा होता, तो अपने ही सिद्धान्तों को अस्वीकार कर देता। मगर वह बहुत जल्दी मर गया।

वह अपरिपक्क, कच्चा था। कच्चा आदमी ही युवावस्था को प्यार करता है। और बुढ़ापे में पहले मरने की जल्दबाज़ी करता है।

मैं इस तरह नहीं मरूंगा। लो, मैं अपने लक्ष्य की सुनहरी गेंद तुम्हें सौंपता हूं, तुम इसके उत्तराधिकारी हो।

19. मूल्यों द्वारा अभिषेक

'रंगीन गाय' नाम के उस शहर से जब ज़रथुष्ट्र चला, तो उसके साथ बहुत-से शिष्य थे। उस शहर से ज़रथुष्ट्र को प्यार हो गया था। वे सब लोग आख़िर एक चौराहे पर पहुंचे। ज़रथुष्ट्र ने तब उनसे कहा कि अब वह अकेला जाना चाहता है। उसे अकेले चलना ही पसन्द है। विदा होते समय उसके शिष्यों ने उसे एक डंडा दिया, जिसकी मूठ पर सूरज के चारों ओर लिपटे एक सांप की सुनहरी आकृति बनी हुई थी। ज़रथुष्ट्र उसे पाकर बहुत खुश हुआ और उसी के सहारे टिककर शिष्यों से बोला—

तुम लोग बताओ, सोना सबसे कीमती क्यों है? क्योंकि वह असाधारण है,

चमकता है, और अपने-आप को एक सुनहली महिमा से मंडित रखता है।

सबसे ऊंची मर्यादा का ही प्रतीक है—सोने का सबसे क़ीमती होना।

सबसे ऊंची मर्यादा भी इसी तरह बहुमूल्य और असाधारण होती है और इसी तरह चमकती है। स्वयं को मूल्य या मर्यादा देना सबसे बड़ा मूल्य होता है।

मेरे मित्र, ज़रा बताओ तो सबसे बुरा हम किसे मानते हैं? सबसे बुरा हम समझते हैं सड़न को। और जहां अपने-आप को मूल्य देने में समर्थ आत्मा दिखाई न पड़े, वहीं सड़न मानते हैं।

हम वंश से महावंश की ओर ऊपर उठते हैं। अपने-आप को मूल्य देने की असमर्थता हमें नीचे ले जाती है।

इसी तरह यह शरीर इतिहास का हिस्सा बनता है। इस शरीर के प्राण क्या हैं? वंश से महावंश की ओर उठानेवाला मूल्य अपने-आप को देना।

यहां ज़रथुष्ट्र थोड़ी देर के लिए रुक गया। उसने अपने शिष्यों की ओर प्यार से देखा। उसका स्वर थोड़ा बदल गया। उसने कहा—

मेरे दोस्तो, धरती के प्रति वफ़ादार रहो। अपने मूल्यों द्वारा इस धरती को अर्थ दो। मेरी यही कामना है, यही दुआ है।

ऐसा न हो कि तुम्हारे मूल्य धरती छोड़कर उड़ना शुरू कर दें और अनन्त की दीवारों पर अपने पंख पटकते फिरें। ओफ्! यहां ये उड़नेवाले मूल्य कितने अधिक हो गए हैं!

मेरी तरह से इन उड़नेवाली मर्यादाओं को धरती पर वापस उतार लो। इनके द्वारा इस दुनिया को एक मानवीय अर्थ दे दो।

हज़ारों बार इसी तरह मर्यादाएं उड़ने की कोशिश में ग़लत रास्ते पर जाती रही हैं। अफ़सोस कि आज भी हममें वही वहम बना हुआ है।

इस भीड़ की समझ या इसका पागलपन अब मुझमें टूट रहा है। याद रखो, इस भीड़ का उत्तराधिकारी होना खतरनाक है।

अपने प्राण और अपनी मर्यादाओं को इस धरती के काम आने दो। हर

चीज़ को तुम ख़ुद नया मूल्य, नया अर्थ दो। तुम्हारा युद्ध भी यही है और तुम्हारी रचना भी यही है।

ओ चिकित्सक, पहले तुम अपने मर्ज़ का इलाज करो, तभी तुम किसी और के मर्ज़ का इलाज कर सकोगे। तुम्हारा सबसे बड़ा इलाज यही है कि तुम अपने-आप को पूर्णता दो।

हज़ारों ऐसे रास्ते हैं, जिन पर कभी कोई नहीं चला। न जाने कितने महाद्वीप और द्वीप बसे हैं, जहां किसी मनुष्य ने पांव नहीं रखा।

जागो और सुनो, ओ अकेले लोगों, भविष्य की ओर से हवाएं आ रही हैं। एक छिपा हुआ सन्देश लेकर। सही कानों को ही उनके शब्द प्राप्त होंगे।

ज़रथुष्ट्र यह कहकर फिर रुका। लगा उसने अभी सब-कुछ नहीं कहा। बहुत देर तक वह हाथ में उस डंडे को सन्देह की तरह थामे रहा। उसका स्वर बदला और उसने कहा—

अब मैं अकेला यहां से जाऊंगा और मेरे दोस्तो, तुम भी इसी तरह यहां से अकेले ही जाओगे।

अब मैं तुम्हें हिदायत देता हूं कि मुझसे अलग हो जाओ और ज़रथुष्ट्र को भूल जाओ। उससे तुम मिले, इसके लिए शर्मिन्दा भी हो सकते हो, क्योंकि उसने तुम्हें धोखा दिया।

समझदार आदमी न सिर्फ़ अपने दुश्मन को प्यार करते हैं, बल्कि अपने दोस्त से नफ़रत भी करते हैं।

तुम मेरा आदर करते हो; लेकिन उस दिन क्या होगा, जिस दिन मेरे प्रति तुम्हारा यह आदर टूट जाएगा? मूर्ति के नीचे तुम दब जाओ, इससे पहले ही होशियार हो जाना बेहतर है।

तुम कहते हो कि तुम्हें ज़रथुष्ट्र में विश्वास है; लेकिन ज़रथुष्ट्र की क्या क़ीमत है? तुम आस्थावान हो; लेकिन आस्थावान लोगों की क्या क़ीमत है?

तुमने अपने को नहीं खोजा था, इसीलिए मुझे पाया था। यही तो हर आस्थावान करता है, इसीलिए आस्था का कोई मूल्य नहीं।

अब मैं तुम्हें बताता हूं—मुझे छोड़ो और अपने-आप को पकड़ो। तुम सबके द्वारा तिरस्कृत मैं, तुम्हारे पास लौट आऊंगा।

"देवता मर चुके हैं, अब हम चाहते हैं कि महामानव जिए।"—हमारी अन्तिम वसीयत यही होगी।

ज़रथुष्ट्र ने कहा

दूसरा खंड

1. बच्चे के हाथ में आईना

इसके बाद ज़रथुष्ट्र फिर पहाड़ पर अपनी गुफ़ा में लौट गया, हालांकि उसकी आत्मा उन लोगों को देखने के लिए मचल रही थी जिन्हें वह प्यार करता था। वह अभी उन लोगों को और भी बहुत कुछ देना चाहता था।

वह महीनों और बरसों इसी तरह रहा। उसका ज्ञान बढ़ता गया और उसके साथ ही उस ज्ञान को अकेले झेलने का दर्द भी बढ़ता रहा।

आख़िर एक सुबह वह जागा तो उसने अपने हृदय से कहा—

मैं सपने में चौंककर इस तरह जाग क्यों गया? क्या सचमुच यहां एक बच्चा आया था जो आईना लिए हुए था? और बच्चे ने कहा था—

ओ ज़रथुष्ट्र, इस आईने में अपने को देखो।

आईना देखकर मैं चौंक पड़ा, क्योंकि उसमें मेरी नहीं किसी मुस्कुराते हुए पिशाच की छाया थी।

इस सपने को मैं समझ रहा हूं। मेरे सिद्धान्त ख़तरे में हैं। मेरे शत्रु बढ़ गए हैं और उन्होंने मेरे सिद्धान्तों का रूप बिगाड़ दिया है।

मेरे दोस्त खो गए हैं और मुझे अब उन्हें खोजना चाहिए।

इन शब्दों के साथ ज़रथुष्ट्र उठ खड़ा हुआ। उसके मन में दर्द नहीं था, बल्कि वह दिव्यता थी, जो किसी दार्शनिक या संगीतकार में होती है। उसके गिद्ध और सांप ने उसकी ओर ताज्जुब से देखा। ज़रथुष्ट्र ने कहा -

ओ प्राणियो! मुझे क्या हो गया है? क्या मैं बदल नहीं गया हूं? क्या अंधड़ की तरह दिव्य दृष्टि मेरे अन्दर नहीं घुमड़ने लगी है।

मेरी खुशियों ने मुझे घायल कर दिया है। हर यातना सहनेवाला मेरा चिकित्सक होगा। मैं अब बहुत देर इन दूरियों को घूर लिया। अब मैं अपने प्यार के लिए वह रास्ता खोजूंगा, जो दूसरों ने कभी नहीं खोजा।

अब मैं अपने दोस्तों के पास लौटूंगा। वहां मेरे दुश्मन भी होंगे; लेकिन जब मैं सबसे ज़्यादा बिगड़ैल घोड़े पर सवार होता हूं, उस वक़्त मेरा भाला काम आता है। मेरे इस दुर्दान्त ज्ञान से मेरे दोस्त भी चौंक जाएंगे। हो सकता है, वे इसे देखकर भागने लगें।

हां, मुझे मालूम है कि तुम्हें बांसुरी बाजा बजाकर कैसे वापस लौटने के लिए फुसलाया जा सकता है। ठीक है—मेरी प्रज्ञा का सिंह थोड़ा आहिस्ता दहाड़ेगा, ताकि वे डरें नहीं।

2. खुशियों के द्वीप पर

पके हुए अंजीर के फल जब दरख़्त से गिरते हैं, तो वे मीठे होते हैं। गिरने पर उनका सुर्ख़ छिलका चटख जाता है। ज़रथुष्ट्र ने यह देखा और कहा—

मैं ही हूं उत्तर की वह हवा, जिससे ये अंजीर पकते हैं।

अंजीर की तरह मेरे ये सिद्धान्त तुम्हारे लिए गिरे हैं। दोस्तो, इसकी मधुरता और इसके रस को स्वीकार करो।

कभी जब लोग दूर समुद्र को देखते थे तो उसे ईश्वर कह लेते थे। मैंने तुम्हें सिखाया है कि इसे महामानव कहो।

ईश्वर तुम्हारा अनुमान है, लेकिन मैं नहीं चाहता कि तुम्हारा अनुमान तुम्हारी इच्छाशक्ति से आगे निकल जाए।

क्या तुम ईश्वर को बना सकते हो? मैं कहूंगा, तुम महामानव ज़्यादा अच्छी तरह बना सकते हो।

ईश्वर अनुमान है लेकिन मैं चाहूंगा कि तुम उसी हद तक अनुमान का प्रयोग करो जहां तक उसमें प्रामाणिकता बनी रहे।

ईश्वर ऐसा विचार है जो हर सीधी चीज़ को टेढ़ी कर देता है। हर खड़ी हुई चीज़ डगमगाने लगती है।

यह सोचना कि यह पेशियों की थकावट की वजह से होता है, ग़लत है। अस्वाभाविक चीज़ का अनुमान ही मितली पैदा करता है और उसी से चक्कत आते हैं।

सृजन पीड़ा से मुक्त कराता है, लेकिन खुद स्त्रष्टा का जन्म पीड़ा से ही होता है।

ओ रचनाकार, पहले एक कड़वी मौत के बीच से गुज़रो।

सारी अनुभूतियां मुझे पीड़ा देती हैं। मुझे सीखचों में क़ैद करती हैं। हां, मेरी इच्छाशक्ति मुझे शान्ति और मुक्ति देती है।

मेरी इच्छाशक्ति मुझे ईश्वर और देवताओं की दुनिया से बाहर खींचती है। अगर मैं देवताओं की दुनिया में रहा तो सोचूंगा क्या?

3. धर्मगुरु

एक दिन ज़रथुष्ट्र ने एक ओर इशारा करते हुए अपने शिष्यों से कहा—

ये धर्मगुरु हैं। हालांकि ये मेरे दुश्मन हैं फिर भी इन पर तलवार मत उठाओ।

इन्हीं धर्मगुरुओं में से अनेक ऐसे हैं जिन्होंने बहुत पीड़ाएं सही हैं। इसीलिए अब वे चाहते हैं कि तुम उनके साथ पीड़ा सहो।

वैसे वे खतरनाक दुश्मन हैं। इनकी विनयशीलता के पीछे जिघांसा छिपी हुई है। जो भी इन्हें छुएगा, गन्दा हो जाएगा।

हां, मेरा-उनका रक्त का रिश्ता है। मैं भरसक उनके अन्दर अपने रक्त को आदर पाते देखना चाहता हूं।

धर्मगुरुओं के उधर से गुज़र जाने के बाद ज़रथुष्ट्र के मन में पीड़ा की कचोट उठी। अपने दर्द से जूझते हुए उसने कहा—

उन धर्मगुरुओं के लिए मेरे मन में दया है, चूंकि मैं उनमें शामिल नहीं हूं इसीलिए अब वे मेरे लिए अप्रासंगिक हैं।

अफसोस है कि उनके साथ मुझे भी पीड़ा भोगनी पड़ती है। जिसे वे अपना उद्धार करनेवाला कहते हैं, उसने उनके पैरों की बेड़ियां डाल दी हैं। अब देखो उनके इस उद्धारक से उनका उद्धार कौन करेगा।

वे नींद में थे कि समुद्र ने उन्हें उछालकर एक द्वीप पर डाल दिया लेकिन अफ़सोस कि जिसे वे द्वीप समझ रहे थे वह किसी दैत्य की पीठ निकली।

ग़लत आस्थाओं से बड़ा और कोई दैत्य नहीं हो सकता। झूठी मर्यादाएं सबसे ज़्यादा भयानक होती हैं।

जिसने भी उस द्वीप पर पांव टिकाए थे, उन्हें यह दैत्य खा गया।

किसने अपने लिए ये अंधेरी गुफ़ाएं बनाईं? क्या यह वही नहीं है जिसने खुले आकाश से डरकर अंधेरा पसन्द किया था?

अपना उद्धार करनेवालों से बचो! अगर शक्ति चाहते हो तो इनसे बचो।

4. सद्गुण की मर्यादाएं

ज़रथुष्ट्र ने कहा—

सौन्दर्य बहुत आहिस्ता बोलता है। वह सिर्फ़ उन्हें ही सम्बोधित करता है, जो जाग चुके हों।

ओ मर्यादाओं के गुलामो, आज मेरा सौन्दर्य तुम पर हंसा। हंसने के बाद मुझसे बोला—अब वे क़ीमत भी मांगते हैं।

अब तुम कीमत भी मांगते हो मर्यादापुरुषो, मर्यादाओं का फल चाहते हो, दुनिया के एवज में स्वर्ग चाहते हो और अपने आज के एक छोटे-से दिन के बदले अनन्त का सौदा करना चाहते हो।

और सुनो! तुमने मुझे इसलिए पैदा किया कि मैं ज्ञान हूं; लेकिन ज्ञान का बदला चुकानेवाला कौन है? कौन देगा उसका प्रतिदान?

मुझे यही दुख है कि वस्तुओं की भी तुमने क़ीमत लगाई है और आत्मा की भी।

ठहरो, अभी तुम्हारे झूठ रोशनी में आ जाते हैं और तब तुम तड़पोगे, छटपटाओगे, लड़खड़ाओगे, टूट जाओगे।

तुम अपनी मर्यादाओं को अपने बच्चे की तरह प्यार करते हो लेकिन कभी ऐसी मां देखी है जो बच्चे के प्यार की क़ीमत मांगे?

तुम समझते हो तुम्हारे सद्गुणों का सितारा आकाश में आएगा और रोशनी फैलाएगा; लेकिन तुम्हारे उस सितारे के साथ क्या उसकी रोशनी भी वहां तक जाएगी?

तुम मानते हो कि तुम्हारे सद्‌गुण तुम्हारा व्यक्तित्व हैं न कि तुम्हारे कपड़ों की तरह कोई बाहरी चीज़।

तुम्हें यह समझने में वक़्त लगेगा कि तुम्हारी मर्यादा वह कोड़ा है, जिसके प्रहार के नीचे मासूम आदमी छटपटाता है और तुमने उनकी चीख़ो से काफ़ी फ़ायदा उठाया है।

कुछ लोग हैं, जो घड़ियों की तरह चाबी दिए जाने पर टिक्-टिक् करना शुरू कर देते हैं और चाहते हैं कि लोग उनकी इस टिक्-टिक् को सद्‌गुण के रूप में स्वीकार करें।

मैं उन पर हंस-भर ही सकता हूं। जहां कहीं मुझे ऐसी घड़ियां मिलती हैं, मैं उनमें मज़ाक-मज़ाक में ही चाबी भर देता हूं और वे बजना शुरू कर देती हैं।

उनके मुंह से मर्यादा शब्द कितना घिनौना लगता है। जब वे कहते हैं कि वे सही हैं, तो मुझे लगता है कि वे कह रहे हैं—उनसे ठीक ही बदला लिया गया।

ज़रथुष्ट्र उनमें शामिल नहीं है। वह उन झूठों और मक्करों को सम्बोधित करके यह नहीं कहता है कि तुम सद्‌गुण को नहीं जानते या तुम सद्‌गुण जान नहीं सकते।

5. भीड़

ज़िन्दगी खुशियों का एक कुआं है, लेकिन जहां भीड़ पानी पीती हो ऐसा कुआं, और चूंकि भीड़ पानी पीती है इसलिए हर पानी ज़हरीला हो जाता है। ज़रथुष्ट्र ने कहा—

> हर साफ़-सुथरी चीज़ का मैं स्वागत करता हूं लेकिन मुझे खीसें निपोरे हुए चेहरे और गन्दगी की आदत से नफ़रत है।
>
> उनकी वासनाओं से पवित्र पानी गन्दा हो गया है और जिस दिन से उन्होंने अपने गन्दे सपनों में मज़ा लेना शुरू किया उनके शब्द भी गन्दे हो गए हैं।
>
> अपने भीगे हुए हृदय को जब वे आग पर रखते हैं तो लपट चिढ़ जाती है। उनके हाथों में अच्छे से अच्छा फल हास्यास्पद होकर सड़ने लगता है।
>
> जो कहते हैं कि उन्होंने जीवन से किनारा कर लिया, दरअसल वे भीड़ से किनारे हुए हैं। वे दरअसल भीड़ के साथ अपने आह्लाद, अपनी आग या अपने फल की हिस्सेदारी नहीं करना चाहते थे।
>
> लोग बस इतना चाहते रहे हैं कि इस भीड़ के गले पर अपना पैर रखकर उसे घोंट दें।

भीड़ की गर्दन पर रखकर दबाया गया पैर इतना समर्थ नहीं था कि वह ज़रथुष्ट्र को सिखा सके कि जीवन के लिए शत्रुता ज़रूरी होती है और ज़रूरी होती है मृत्यु या यन्त्रणा देनेवाली सलीब। ज़रथुष्ट्र ने एक बार अपने-आप से सवाल पूछा और वह सवाल उसके गले में इस तरह फंस गया कि उसका दम घुटने लगा। ज़रथुष्ट्र ने कहा—

> ज़िन्दगी के लिए भीड़ ज़रूरी नहीं होती। ज़हरीले पहाड़, बदबू देती आग, गन्दे सपने, रोटी में पड़े कीड़े—ये ज़िन्दगी के लिए ज़रूरी नहीं होते।
>
> मैंने उन शासकों को अस्वीकार कर दिया है जो इस भीड़ से शक्ति के लिए सौदा करते हैं और अपने को नियामक कहते हैं।

हर अतीत और वर्तमान के बीच मैं अपनी नाक बन्द करके घूमा हूं। वे सारे अतीत और वर्तमान भीड़ की दुर्गन्ध से भरे हुए हैं।

बड़ी मेहनत और सावधानी के साथ मैं सीढ़ियां चढ़ा। वहां मुझे ताज़गी मिली। ज़िन्दगी एक अन्धे आदमी के साथ एक खम्भे पर सरक-सरककर चढ़ती रही।

मैं कैसे इस ऊंचाई पर आ गया जहां अब कुएं पर बैठी भीड़ कहीं नहीं है। यहां इस ऊंचाई पर मुझे सबसे क़ीमती आनन्द मिल गया है।

खुशियों का यह झरना मेरी ओर शायद बहुत तेज़ी से गिर रहा है। और अब मैं तुम तक बहुत विनय के साथ आना चाहता हूं, क्योंकि तुम्हारी तरफ़ मेरा मन तेज़ी से खिंचा चला जा रहा है।

ओ दोस्तो! तुम भी यहीं आ जाओ ताकि यह सुख तुम भी अपने हिस्से में बटोर सको।

अब यह मेरी नहीं हमारी ऊंचाई है। मेरा नहीं, हमारा घर है। यह इतनी ऊंचाई पर है कि यहां गन्दे लोग अपनी प्यास ढोए हुए पहुंच नहीं सकते। मेरे कुएं में सिर्फ़ पवित्र दृष्टि से झांको मेरे दोस्त! यह कितना दिव्य है! यह अपनी खुशियों की बूंदें तुम तक उछालता है।

भविष्य के वृक्ष पर हम अपना घोंसला बनाएंगे और अकेले आदमी का भोजन लेकर चील वहीं आएगी।

तेज़ हवा की तरह एक दिन मैं यहां से उतरकर उनके बीच बहूंगा और उनके प्राण उड़ा ले जाऊंगा। मेरा भविष्य यही कहता है। यही उसकी इच्छाशक्ति है।

6. जहरीली मकड़ी

ज़रथुष्ट्र ने कहा—

यह ज़हरीली मकड़ी की गुफ़ा है। क्या तुम खुद उस मकड़ी को देखना चाहते हो? यह रहा उसका जाला, छत से लटकता हुआ। इसे छुओ, यह थरथराएगा।

लो, ज़हरीली मकड़ी खुद आ रही है। आओ, तुम्हारा स्वागत है! ज़हरीली सत्ता! तुम्हारी पीठ पर एक काला त्रिभुज है, यह तुम्हारा प्रतीक है और मैं तुम्हारी आत्मा को भी जानता हूं।

तुम्हारी आत्मा में जिघांसा और प्रतिशोध है। जहां भी तुम डसती हो वहां एक काला दाग़ उभर आता है और तुम्हारे ज़हर से लोग बेहोश होने लगते है।

ज़रथुष्ट्र ने इस तरह उदाहरण दिया और अपनी बात की पुष्टि करने लगा। उसने कहा—

यह बात मैंने तुम्हारे लिए कही है ओ समानता का उपदेश देनेवालो! तुम आत्मा को बेहोश कर देते हो। मेरे अन्दर तुम ज़हरीली मकड़ी हो और छुपकर प्रतिशोध लेते हो। इसलिए मैं तुम्हारे इस जाले को फाड़ता हूं ताकि तुम अपने झूठ की गुफ़ा से बाहर आ जाओ। मैं जानता हूं, इस तरह तुम यह जो शब्द बोलते हो—'न्याय' इसके पीछे छुपा तुम्हारा प्रतिशोध भी उछलकर बाहर आ जाएगा।

मैं तुम्हें तुम्हारी गुफ़ाओं से बाहर लाऊंगा और अपनी ऊंचाइयों से तुम्हारे चेहरे पर अपनी व्यंग्य-भरी हंसी पोत दूंगा।

मेरे दोस्त, यहां ऐसे लोग भी हैं जो मेरे सिद्धान्त का ही प्रचार करते हैं। लेकिन उनके अन्दर भी वही ज़हरीली मकड़ी छुपी रहती है।

अब मैं समानता के सिद्धान्त का प्रचार करनेवालों के साथ नहीं खड़ा हो सकता। मेरा न्याय कहता है—कोई भी इनसान किसी दूसरे के बराबर नहीं है।

अच्छाई, बुराई, अमीरी, ग़रीबी, ऊंचाई, नीचाई और दूसरी जो भी ऐसी मर्यादाएं हैं उन्हें लेकर आदमी निरन्तर आपस में लड़ते हैं और एक-दूसरे की ग़ैर-बराबरी और बढ़ती जाती है।

हर इनसान बराबर नहीं है। मैं ज़रूर यही कहूंगा, वरना मैं अपने महामानव से प्यार नहीं कर सकता।

मेरे दोस्तो! देखो, अभी जहां ज़हरीली मकड़ी की गुफ़ा थी वहां एक प्राचीन

मन्दिर के खंडहर उठ खड़े हुए हैं। इन्हें समझदारी के साथ पहचानने की कोशिश करो।

देखो, इस खंडहर की एक-एक मेहराब, इसका एक-एक खम्भा एक-दूसरे को छोटा करना चाहता है।

इसीलिए कहता हूं दोस्तो! आओ हम लोग दुश्मन हो जाएं। इस तरह हम एक-दूसरे से ऊपर उठेंगे।

अफ़सोस कि मेरी उंगली में ज़हरीली मकड़ी ने काट लिया है; मेरी इस पुरानी दुश्मन ने मेरी उंगली में डस लिया है।

वह मेरी दुश्मन है और मानती है कि यह दुश्मनी निभानी ही होगी। हां, उसने बदला लिया है।

नहीं, मैं बेहोश नहीं होऊंगा।

7. रात्रिगीत

ज़रथुष्ट्र ने कहा—

अब रात हो गई है। फौवारों की आवाज़ तेज़ हो गई है। मेरी आत्मा भी एक फौवारा है।

अब रात हो गई है। अब सिर्फ़ प्यार करनेवालों के गीत ही जागते हैं। मेरी आत्मा भी ऐसे ही एक प्रेमी का गीत है।

मेरे अन्दर कुछ ऐसा है जिसे अब कुछ भी सन्तुष्ट नहीं करता। मेरे शब्दों को बाहर आना ही होगा। मेरे अन्दर वह प्यार छटपटा रहा है, जो अपने-आप से सिर्फ़ प्यार की भाषा ही बोल सकता है।

मैं रोशनी हूं। अगर मैं अकेला न होता तो मैं भी सिर्फ़ एक अंधेरी रात होता।

मैं अपनी रोशनी में जीता हूं और जो किरणें मुझसे फूटती हैं, उन्हें मैं दुबारा अपने में समेट लेता हूं।

मेरे सौन्दर्य से एक भूख जन्म ले रही है। जिन्हें मैं रोशन करता हूं उन्हें मैं घायल करना चाहता हूं। जिन्हें मैंने उपहार दिए हैं, उन्हीं को मैं लूट लेना चाहता हूं। इस तरह मुझमें मक्कारी की भूख पैदा हो रही है।

मैं चाहता हूं कि दूसरी ओर से गिर रहे आदमी को थामने के लिए हाथ बढ़ाऊं और जब वह हाथ फड़कने लगे उस वक़्त मैं अपना हाथ खींच लूं। मैं मक्कारी की भूख अपने अन्दर उभरती महसूस कर रहा हूं।

सच कहूं, मेरे मूल्य अपने को ढोते-ढोते थक गए हैं।

अब मेरी आंखों में पीड़ित के लिए कोई अनुकम्पा नहीं है। मेरे हाथ सहारे के लिए आगे नहीं बढ़ते। मेरी आंखों के आंसू गायब हो गए हैं।

वीराने रेगिस्तान में जाने कितने सूरज चक्कर लगाते हैं। और हर अंधेरे को अपनी रोशनी बांटते हैं, लेकिन मेरे सामने आकर वे ख़ामोश रह जाते है।

मैं जानता हूं, जो चमकता है, उससे सूरज को दुश्मनी होती है।

ओ अंधेरे, और अंधेरे में रहनेवाले लोगो! सूरज से सिर्फ़ तुम्हें ही गरमाई मिलती है।

मेरे चारों ओर बर्फ़ है। मेरा हाथ बर्फ़ के नीचे जल रहा है। मैं प्यासा हूं और तुम्हारी प्यास से डरा हुआ हूं।

यह रात है और मुझे रोशनी बनना है। मुझे अंधेरे में डूबे और अकेले आदमी की प्यास बनना है।

यह रात है और हर झरने की आवाज़ तेज़ हो गई है। मेरी आत्मा भी एक हरहराता हुआ झरना है।

8. नृत्यगीत

एक शाम ज़रथुष्ट्र और उसके शिष्य जंगल से गुज़रे। ज़रथुष्ट्र एक कुआं खोजने लगा, तो उसने देखा, झाड़ियों और दरख़्तों से घिरा हुआ एक हरा-भरा कुंज है, जहां सुन्दरियां नाच रही हैं। ज़रथुष्ट्र सहज भाव से उनके निकट गया और मिलतापूर्वक उनसे बोला—

नृत्य मत रोको सुन्दरियो! मैं ऐसा आदमी नहीं, जो सुन्दरता से नफ़रत करता है और खेलकूद नापसन्द करता है।

विश्वास करो, मैं एक जंगल हूं। अंधेरे दरख़्तों को घेरे हुए एक रात हूं, जो अंधेरे से डरता नहीं उसे इन घने दरख़्तों की छांह में फूलों से लदे गुलाब के पौधे मिलेंगे।

देखो तो वह छोटा-सा ईश्वर दिन में ही सो गया। सारी रात उसने तितलियों का कुछ ज़्यादा ही पीछा किया।

मैं इस छोटे ईश्वर की ताड़ना करूं तो तुम बुरा मत मानना। सुन्दरियो, इसे ज़रा रो लेने दो। रोता हुआ ईश्वर हास्यास्पद लगता है।

आंखों में आंसू भरकर वह तुम्हारे साथ नृत्य की कामना करेगा तब मैं गाऊंगा।

सुन्दरियां और रोता हुआ छोटा ईश्वर, जब नाचने लगे तो ज़रथुष्ट्र ने यह नृत्यगीत गाया—

ओ जीवन! तुम्हारी आंखों में मैंने देर से ही देखा और तब लगा मैं वहां अतल में समाता जा रहा हूं।

सभी मछलियां यही करती हैं। तुम कहती हो—बस वे सिर्फ़ उसकी थाह नहीं पा सकीं, जो अथाह है।

यह कहकर वह अविश्वसनीय हंसी हंसी और हंसती गई।

अब हम तीनों के लिए जीवन यही है। हृदय से तो मैं सिर्फ़ जीवन को ही प्यार कर सकता हूं और यह सब तभी होता है जब मैं उससे नफ़रत करता हूं।

एक बार जीवन ने मुझसे पूछा—जिसे तुम अपना ज्ञान कहते हो वह क्या है?

आओ मैं बताऊं ज्ञान क्या है। उसकी ओर लगातार देखकर भी मन नहीं भरता। परदे पर परदे हटाकर वह दिखाई देता है।

वह सुन्दर है या नहीं, यह नहीं कह सकता। लेकिन बहुत पुराने ज़माने से उसने लोगों को आकर्षित किया है।

लो, उसने फिर आंखें खोल दी हैं और फिर मैं अतल में डूबने लगा हूं।

ज़रथुष्ट्र ने यह गीत गाया। फिर जब गीत समाप्त हुआ और सुन्दरियां भी वहां से चली गईं तो वह उदास हो गया। उसने कहा—

सूरज देर हुई डूब चुका है। कुंज भीग गया है। जंगल में सर्द हवाएं चलने लगी हैं।

मेरे चारों ओर कोई अज्ञात सत्ता है और मेरी ओर विचार में डूबी हुई देख रही है।

ओ ज़रथुष्ट्र! तुम अभी ज़िन्दा हो? क्यों? किसलिए? कैसे? कहां? किसके लिए? क्या अभी ज़िन्दा रहना ग़लती नहीं है?

9. क़ब्र का गीत

ज़रथुष्ट्र ने सोचा कि कब्रों का द्वीप आत्मस्मृति देता है। उसकी युवावस्था की क़ब्र उसे ठंडक देगी। यह सोचकर उसने समुद्र यात्रा की। क़ब्र के द्वीप पर उतरकर उसने कहा—

ओ मेरी युवावस्था की तस्वीरो! तुम इतनी जल्दी कैसे नष्ट हो गईं? आज तुम मेरे लिए मृत हो।

आज भी मेरे पास सबसे अधिक धन है, क्योंकि मैं अकेला हूं। बताओ तो भला मुझे छोड़कर और किसे इस दरख़्त ने इतने ज़्यादा पके हुए सेब दिए?

कभी हम एक-दूसरे के लिए बने थे और आज तुम पालतू परिन्दे की तरह स्मृति बनकर मुझ तक आई हो।

मेरे लिए तुम्हारी मृत्यु बहुत जल्दी ही हो गई। दरअसल उन्होंने मुझे

मारना चाहा और मेरी युवावस्था की तस्वीरों का गला घोंट दिया।

उन्होंने उन्हें लक्ष्य बनाया, क्योंकि वे मुझे मारना चाहते थे। उन्होंने मेरे सबसे कोमल स्थान का निशाना लेकर तीर चलाया। उन्होंने मेरी युवावस्था की हत्या की।

लेकिन मेरे शत्रु सुनें। उन्होंने जो मेरे साथ किया है उसकी तुलना में नर-हत्या कुछ भी नहीं है।

उन्होंने मुझसे वह छीना जो दुबारा कभी नहीं मिलता।

ओ मेरे शत्रुओ! लो, मैं तुम्हें शाप देता हूं कि जो भी तुम्हारी अमर्यादा है, वही मेरा दिव्य बोध होगा।

कभी मैं एक अन्धे आदमी की तरह उनके अभिषिक्त रास्ते पर चला था। तब तुमने उस अन्धे आदमी के आगे रास्ते पर गन्दगी बिखेर दी। अब वह उस पुराने रास्ते से विद्रोह कर आया है।

तुमने मेरी मिठास में ज़हर घोला। मेरी उदारता के पीछे तुमने डाकू छोड़ दिए।

जब मैंने अपनी सबसे पवित्र चीज़ को तुम्हारे सामने बलि के लिए पेश किया तुमने उसके पास अपनी अर्चना की सामग्री रख दी और उसके धुएं से मेरी पवित्रता का दम घुटने लगा।

एक बार मैं ख़ुश होकर नाचना चाहता था, उस वक़्त तुमने मुझसे मेरे साथी को अलग कर दिया। मेरी आशाएं तुमने अपूर्ण रहने दीं और मेरी युवावस्था के सपने को अधूरा।

अब तुम हमारे लिए क़ब्र ढानेवाले शत्रु हो!

10. अपने से परे

ज़रथुष्ट्र ने कहा—

मेरे समुद्र की सतह शान्त है। कौन कह सकता है कि इसके अन्दर घिनौने दैत्य छुपे हैं!

आज मुझे एक पहुंचा हुए आदमी मिला। मैं उसकी बदसूरती पर जी खोलकर हंसा।

वह सीना ऊंचा करके, सांस फुलाकर खड़ा था। बिलकुल ख़ामोश था। वह पहुंचा हुआ आदमी था।

उसने अपने भोंड़े सत्य के कन्धे पर अपने शिकार लटका रखे थे। उसने सींखें भी लटका रखी थीं। हां, उसके पास गुलाब मुझे नहीं दीखे।

उसने हंसना या सुन्दरता को पहचानना नहीं सीखा था। वह ज्ञान के जंगल से चेहरा लटकाए हुए, गम्भीर लौटा था।

वह जंगली वहशी जानवरों से लड़कर आया था और उसकी गम्भीरता से उसकी वहशत झांक रही थी।

वह शेर की तरह छलांग मारने को तैयार दीखता था लेकिन मुझे ऐसी तनाव-भरी आत्माएं पसन्द नहीं हैं। अपने-आप में डूबे रहनेवाले ऐसे कृतघ्न लोगों से मुझे नफ़रत है।

अभी देखना वह अपनी लोकोत्तरता को ढोते-ढोते थक जाएगा। इसके बाद ही उसे, जो कुछ भी सुन्दर है वह दिखाई देगा।

जब वह अपने-आप से विरक्त होगा तभी वह अपनी छाया को लांघ पाएगा। तभी वह अपने सूरज तक पहुंचेगा।

बहुत देर वह छांह में बैठा रहा है। उसकी आत्मा पश्चात्ताप में मुरझा गई है। अनन्त की आशा में वह सूख गया है। अब उसकी आंखों में तिरस्कार है और मुंह में दुर्वचन। वैसे तो वह आराम कर रहा है, फिर भी उसे चैन नहीं है।

दरअसल उसे मिट्टी की गन्ध प्राप्त करनी चाहिए न कि मिट्टी के प्रति घृणा पालनी चाहिए।

उसका चेहरा काला पड़ गया है और वह बार-बार उस पर अपनी हथेली फिरा रही है, फिर भी उसकी आंखों में रोशनी लौटनेवाली नहीं।

उसने जो कुछ किया है वही उसके चारों ओर अंधेरा किए बैठा है। अभी वह कर्ममुक्त भी तो नहीं हुआ।

उसने दैत्यों को पराजित किया है। बड़े-बड़े प्रश्नों के जवाब खोजे हैं; लेकिन वह अपने अन्दर के दैत्य को हरा नहीं सका। अपने प्रश्नों के सामने आज भी निरुत्तर है।

सच यह है कि ऐसे दिव्य पुरुष को सुन्दरता दीखती ही नहीं। ऐसी इच्छाशक्तिवालों से सौन्दर्य-बोध थोड़ा फ़ासला लेकर चलता है।

वह नायक है; लेकिन कमज़ोर है। जिस दिन वह आईने के सामने खड़ा होने लायक होगा, उस दिन वह समर्थ कहा जाएगा। वह नायक से महानायक बनेगा।

11. संस्कृति का देश

ज़रथुष्ट्र ने कहा—

मैं बहुत दूर उड़ आया हूं और अब मुझे भय महसूस हो रहा है।

जब मैंने अपने चारों ओर देखा, तो लगा वक़्त ही मेरा समकालीन है।

यह कहकर ज़रथुष्ट्र वापस लौटा। वह घर की ओर उड़ा। इस बार उसकी गति ज़्यादा तेज़ थी। ज़रथुष्ट्र ने कहा—

ओ मेरे समकालीनो! अब मैं तुम्हारे बीच संस्कृति की धरती पर उतर आया हूं।

पहली बार मैं तुम्हें समझने की दृष्टि लाया हूं।

यह मेरे साथ कैसे हुआ? हालांकि मैं भयभीत था फिर भी मुझे हंसी आ रही थी। वहां जो रंग मैंने देखे वे और कहीं नहीं दिखे।

ओ मेरे समकालीनो! मैंने वहां से देखा, तुम्हारे चेहरों पर अजीब-अजीब रंगों के धब्बे हैं। इतने बदरंग चेहरे देखकर मुझे ताज्जुब हुआ।

तुम पचास आईने लेकर बैठते हो और अपने चेहरे को ख़ूबसूरत मानते हो।

देख लो, दुनिया में तुम्हारे चेहरों से ज़्यादा असली मुखौटे कहीं नहीं मिलेंगे। बताओ ज़रा, तुम्हारी पहचान क्या है? क्या कोई भी तुम्हारी शिनाख़्त कर सकता है?

प्राचीनतम लिपि में लिखी थी तुम्हारी पहचान और उसके ऊपर तुमने अपने हाथ से फिर कुछ लिखा है। अब वहां पढ़ा जाने लायक कुछ नहीं बचा।

कोई भी तुम्हारे इन चेहरों पर पड़े परदों के पीछे बीसियों अलग-अलग रंग और अलग-अलग आकृतियां देख सकता है।

अगर तुम्हारे ये परदे हटा दिए जाएं और तुम्हारी ये नक़ली आकृतियां और तुम्हारे ऊलजलूल रंग धो दिए जाएं, तो तुम एक डरावना कंकाल-भर बचोगे और तुम्हें खेत में खड़ा कर देने पर कौवे तुमसे डरने लगेंगे।

सच, मैं भी तुमसे डरा हुआ एक कौवा ही हूं। मैंने तुम्हें एक बार इसी तरह रंगहीन, बेपर्दा देख लिया था। डरकर मैं उड़ गया था।

तुम समझते हो कि तुम इतिहास में लोगों का विश्वास हो। तुम बहुत डरावने विश्वास हो।

तुम ऐसा अधखुला दरवाज़ा हो, जिसके बाहर क़ब्र खोदनेवाले इन्तज़ार में खड़े रहते है।

मुझ पर लानत है कि तुम्हारी चालाकियों पर हंस नहीं सका और तुम्हारी सारी धूर्त्तता, तुम्हारी सारी गन्दगी निगल गया।

मगर कोई बात नहीं। अब मैं तुम्हें हलका कर दूंगा, क्योंकि तुम्हारा बोझ मैं ढो लूंगा।

मेरे लिए वह बोझ बहुत भारी नहीं होगा। तुम्हारा वह बोझ उठाने के बाद मुझे थकावट भी नहीं होगी।

अब मेरा घर कोई नहीं है। हर जगह मैं छोड़ता जाऊंगा और उड़ता जाऊंगा।

अब मेरे समकालीन मुझे अजनबी लगने लगे हैं और मैं अपनी मातृभूमि से ही विदा ले चुका हूं।

12. बुद्धिजीवी

ज़रथुष्ट्र जिस वक़्त सोया हुआ था उस वक़्त वहां एक बकरी आई और वह ज़रथुष्ट्र के सिर पर रखे पवित्र पत्तियों के मुकुट को चर गई। इसके बाद बोली—

ज़रथुष्ट्र अब विद्वान बुद्धिजीवी नहीं रहा।

एक बच्चे ने ज़रथुष्ट्र को बताया कि यह कहने के बाद गर्व से सिर उठाए वह बकरी एक ओर चली गई। ज़रथुष्ट्र ने कहा—

> मुझे इस टूटी दीवार के सहारे लेटना अच्छा लगता है। क़रीब में ही बहुत-से पॉपी के फूल उगे हुए हैं और यहीं बच्चे खेलते रहते हैं।
>
> इन बच्चों के लिए मैं आज भी बुद्धिजीवी हूं। लेकिन उस बकरी के लिए मैं बुद्धिजीवी नहीं रहा। चलो अच्छा हुआ।
>
> यह सच है कि मैंने विद्वत्ता दिखानेवाले बुद्धिजीवियों से रिश्ता तोड़ लिया और अब उनकी तरफ़ कभी नहीं लौटूंगा।
>
> उन लोगों की मेज़ पर जाने कब तक आत्मा की भूख लिए बैठा रहा। वे लोग खोजबीन से सन्तुष्ट हो जाते थे लेकिन मैं समझ के अखरोट को फोड़कर उसके अन्दर झांकना चाहता था।
>
> ताज़ी मिट्टी की गन्ध-भरी हवा और मुक्ति मुझे ज़्यादा पसन्द है। मैं उनके पदों और सम्मानपत्रों पर सोने के बजाय किसी जानवर की खाल पर सोना ज़्यादा पसन्द करूंगा।
>
> जैसे कोई आदमी गली में खड़ा हो जाता है और उधर से गुज़रनेवाले दूसरे लोगों को देखता है, उसी तरह ये बुद्धिजीवी इन्तज़ार करते हैं कि दूसरों द्वारा सोचे विचार उधर से गुज़रें और वे उन पर विचार करें।
>
> कोई उनके क़रीब जाए तो आटा भरी हुई बोरी की तरह वे थोड़ा-सा आटा झाड़ देंगे, गोया वे ख़ुद आटा पैदा करने की सामर्थ्य रखते हैं। वे तो सिर्फ़ बोरी हैं। आटा तो खेत में पैदा किए हुए अनाज का है।
>
> उनके ज्ञान से अक्सर सड़ते हुए नाले की गन्ध आती है।

वे एक अच्छी घड़ी हैं। उनमें चाबी ज़रूर देते रहना चाहिए। चाबी दे दो, तो वे ठीक-ठीक वक़्त बतलाते हैं और बड़ी शालीनता से टिक-टिक करते हैं।

वे चक्की हैं, जो आटा पीस सकते हैं। उनमें अनाज डालो और वे उसे पीस देंगे।

वे एक-दूसरे को हमेशा सन्देह की नज़र से देखते हैं। प्रायः वे मकड़ियों की तरह जाल फैलाए रहते हैं।

अपना ज़हर वे बड़ी सावधानी से तैयार करते हैं। ज़हर घोलते वक़्त अपने हाथ में वे अपनी सुरक्षा के लिए शीशे के दस्ताने पहन लेते हैं।

चौपड़ खेलते वक़्त दूसरों को धोखा कैसे दिया जाए—वे ख़ूब जानते हैं। इसीलिए इस खेल में उनकी गहरी रुचि होती है।

उन्हें यह अच्छा नहीं लगता कि कोई उनके सिर के ऊपर से होकर निकल जाए। इसीलिए, उन्होंने मेरे और अपने सिर के बीच जाने कितनी गन्दगी, कहां-कहां के कूड़े का ढेर इकट्ठा कर लिया है।

इस तरह उन्हें मेरी उनके सिर के ऊपर से होकर गुज़रने की आवाज़ नहीं सुनाई देती।

यह सच है कि विद्वान बुद्धिजीवियों ने मेरी बातें बहुत कम ही सुनी हैं।

उन्होंने तमाम मानव-इतिहास की ग़लतियां और गन्दगी मेरे और अपने बीच खड़ी कर ली है। फिर भी मैं अपने विचार लिए हुए उनके सिर के ऊपर से होकर आगे जा रहा हूं।

न्याय कहता है—मनुष्य और मनुष्य के बीच समानता नहीं है। इसीलिए तो मेरी इच्छाशक्ति उनके पास नहीं है।

13. कवि

एक बार ज़रथुष्ट्र के शिष्यों ने उससे कहा—

कभी आपने कहा था कि कवि झूठे होते हैं। ऐसा आपने क्यों कहा था?

ज़रथुष्ट्र ने कहा—

क्यों? मुझसे पूछते हो क्यों कहा था? क्या तुम समझते हो कि मैंने पहले जो कुछ कहा था, वह गलत था? अपने विचार बहुत पहले मैंने अनुभव के आधार पर बनाए थे।

अब तो मेरे लिए अपने विचारों को अपने पास रखना भी मुश्किल हो गया है। मेरे विचारों के कई पक्षी तो अब उड़ भी गए।

हां, तो मैंने तुमसे कभी कुछ कहा था? कहा था कि कवि झूठे होते हैं? मैं भी तो कवि हूं।

ज़रथुष्ट्र भी कवि है तो तुम क्या समझते हो वह सच बोला होगा? तुमने उसका विश्वास क्यों किया?

शिष्यों ने कहा—

हमें ज़रथुष्ट्र में आस्था है।

ज़रथुष्ट्र ने इनकार में सिर हिलाया और मुस्कुराया। उसने कहा—

आस्थाएं मुझे सन्तोष नहीं देती। और अपने प्रति आस्था तो बिलकुल ही नहीं।

लेकिन अगर किसी ने गम्भीर होकर कभी कहा था कि कवि झूठे होते हैं, तो ठीक ही कहा था। हम लोग बहुत झूठ बोलते हैं।

हम लोग कम सीखते हैं और मुश्किल से सीखते हैं। इसीलिए झूठ हम लोगों की मजबूरी है।

हम लोग कम जानते हैं इसीलिए उससे मिलकर बहुत खुश होते हैं, जिनका अन्तरंग खोखला हो, ख़ासतौर से युवा लड़कियां।

कवि समझते हैं कि किसी पहाड़ी ढाल पर घास में लेटे हुए अगर कोई चीज़ उनके कान में चुभे, तो वे पृथ्वी और स्वर्ग के बीच की दूरी पहचान गए।

कभी अगर उनके मन में कोमल संवेदना पैदा हो तो उन्हें लगता है कि

सारी दुनिया उन्हें प्यार करने लगी।

कवियों ने पृथ्वी से स्वर्ग तक न जाने कितनी चीज़ें पैदा कर ली जो वहां कहीं नहीं हैं। उन्होंने देवता तक पैदा कर दिए।

ज़रथुष्ट्र की ये बातें सुनकर उसके शिष्य असन्तुष्ट हो गए मगर चुप रहे। ज़रथष्ट्र भी ख़ामोश था और वह अपने अन्दर कहीं झांक रहा था। आख़िर एक लम्बी सांस लेकर उसने कहा—

अब तक मैंने अतीत और वर्तमान की बात कही, लेकिन मेरे अन्दर कुछ है, जो भविष्य का है।

मैं नए और पुराने कवियों से इसलिए ऊब गया कि वे सतही हैं, उथले सरोवर हैं।

मैं उन्हें शुद्ध हुआ नहीं मानता। पानी को मथकर अक़्सर वे उसे गंदला कर देते हैं।

मैंने उनके सागर में जाल फेंककर मछली पकड़ने की कोशिश की; लेकिन जब भी जाल बाहर निकाला, उसमें किसी प्राचीन देवता का सिर मिला।

पानी से वे अक़्सर पत्थर ही निकालते रहे हैं।

कवि मुझे बदलता दीख रहा है। वह वहां बदल रहा है, जहां से उसने अपने अन्दर झांकना शुरू किया है। वहीं से वह कवियों से ऊपर भी उठ रहा है।

14. महान घटनाएं

ज़रथुष्ट्र के अपने द्वीप से थोड़ी दूर समुद्र में एक और द्वीप है, जिस पर एक ज्वालामुखी लगातार आग उगलता रहता है। इस द्वीप के बारे में लोग और अक़्सर बूढ़ी औरतें कहती हैं कि यह दूसरी दुनिया के द्वार पर रखी हुई एक शिला है। इसी ज्वालामुखी से होकर एक पतला रास्ता उस दुनिया के द्वार तक ले जाता है।

जिन दिनों ज़रथुष्ट्र अपने द्वीप पर रह रहा था, उन्हीं दिनों उस ज्वालामुखीवाले

द्वीप के किनारे एक जहाज़ ने लंगर डाला। नाविक अपने कप्तान के साथ द्वीप पर खरगोशों का शिकार करने निकल गए। दोपहर को जब वे अपने शिकार के साथ वापस लौट रहे थे, तो उन्होंने आश्चर्य से देखा कि एक आदमी हवा में तैरता हुआ उनके करीब आया और तेज़ी से ज्वालामुखी की ओर चला गया। वह झपटती हुई छाया कह रही थी—

वक़्त आ गया है। यही सबसे अच्छा वक़्त है।

नाविकों ने इस छाया को पहचान लिया। उन्होंने चिल्लाकर कहा—

देखो! ज़रथुष्ट्र नरक की ओर जा रहा है।

जिस वक़्त यह जहाज़ इस द्वीप पर आया उसी वक़्त ज़रथुष्ट्र के द्वीप पर भी एक अफ़वाह फैली। अफ़वाह यह कि ज़रथुष्ट्र गायब हो गया। रात के वक़्त वहां एक जहाज़ आया था। ज़रथुष्ट्र उस पर चढ़ा और उसने किसी को नहीं बताया कि वह कहां और क्यों जा रहा है।

लोगों में एक बेचैनी फैल गई और तभी ज्वालामुखी के द्वीप से लौटे नाविकों द्वारा बताई कहानी का लोगों को पता चला। उससे लोगों की बेचैनी और ज़्यादा बढ़ गई। लोगों ने कहा—

ज़रूर शैतान ज़रथुष्ट्र को ले गया।

ज़रथुष्ट्र के शिष्य इस बात पर हंस पड़े। उन्होंने कहा—

जल्दी ही हम सुनेंगे कि ज़रथुष्ट्र खुद शैतान को ले गया।

लेकिन उनका दिल भी बेचैन था। पांचवें दिन जब ज़रथुष्ट्र लौट आया तो उनकी ख़ुशी की सीमा नहीं थी। ज़रथुष्ट्र ने उन्हें आग के कुत्ते से भेंट की कथा सुनाई। उसने कहा—

कुत्ता बोला—पृथ्वी के ऊपर त्वचा भी है और त्वचा में रोग है। वह रोग है मनुष्य।

ऐसा ही एक और रोग है, जिसे आग का कुत्ता कहते हैं। इसके बारे में

आदमी ने बड़े वहम पाल रखे हैं।

ज़रथुष्ट्र ने कहा—

मैं इसी रहस्य की थाह लेने के लिए समुद्र के उस पार गया था। मैंने वहां नंगा सत्य देखा।

मैंने आग के कुत्ते से कहा—तू उठ और मेरे अन्दर से बाहर आ और बता वहां गहराई कितनी है।

कहां से इतना शोर आता है? क्यों इतनी उथल-पुथल होती है, जिन्हें आदमी बड़ी घटनाएं कहता है?

कुत्ते ने कहा—

ओ शोर मचानेवाले दोस्त ! सुनो—बड़ी घटना उथल-पुथल नहीं होती बल्कि शान्ति होती है। सबसे शान्त क्षण, सबसे बड़ी घटना होता है।

ज़रथुष्ट्र ने कहा—

मैं शासक और गिरजाघर के धर्माधिकारी से कह आया हूं कि तुम्हारी मर्यादाएं टूट रही हैं और आग का कुत्ता तुम्हें उखाड़ फेंकेगा।

कुत्ते ने पूछा—

गिरजाघर? वह क्या होता है?

ज़रथुष्ट्र ने कहा—

गिरजाघर भी एक राज्य जैसा है। मगर ओ कुत्ते! तू चुप रह। क्या तू अपने साथियों को मुझसे बेहतर नहीं जानता?

मेरी इस बात पर वह धीरे-धीरे शान्त होने लगा।

मैंने उस कुत्ते को एक और आग के कुत्ते की कहानी सुनाई। उस कहानी को सुनकर वह और पराजित हुआ और आख़िरकार भौंकता हुआ अपनी गुफ़ा में लौट गया।

15. सबसे शान्त क्षण

ज़रथुष्ट्र महसूस करता है कि वह अनचाहे ही अपने मित्रों से अलग होना चाहता है। वह एक बार फिर अपने एकान्त की गुफ़ा में चला जाना चाहता है; लेकिन इस बार उसका दिल उदास है। ज़रथुष्ट्र ने कहा—

तुम्हें मालूम है कि किसने मुझे इस वापसी का आदेश दिया है? मेरी पत्नी ने। क्या उसका नाम मैंने तुम्हें बताया है?

मेरे सबसे अधिक शान्त क्षण ने कल मुझसे बात की। मेरा वही क्षण मेरी पत्नी है।

मैं अब सब-कुछ बता देना चाहता हूं, ताकि मेरे जाने पर तुम उदास न हो ।

कल सबसे ख़ामोश क्षणों में मेरे पैर के नीचे की ज़मीन धंसी और मैं एक सपने में जा गिरा।

वहां एक न सुनाई पड़नेवाली आवाज़ ने मुझसे कहा कि अगर मैं बोल सकता हूं तो बोलता क्यों नहीं?

बोलने की छटपटाहट मुझमें थी लेकिन यह भी सच था कि मैं बोलता किससे? मेरी बात सुनने को कोई तैयार नहीं था।

मैंने सुना वह आवाज़ मुझसे कह रही थी कि अगर तुम बोल सकते हो, तो अपने शब्द उन्हें सुनाओ, ताकि ये पहाड़ यहां से हट जाएं।

मैं अपने रास्ते पर चलता रहा और वे लोग मेरी हंसी उड़ाते रहे। अब मेरे पांव कांपने लगे हैं।

आवाज़ ने मुझसे कहा—तब तुम रास्ता तो पहले ही भूल गए थे, अब क्या चलना भी भूल गए? उनके चिढ़ाने पर ध्यान क्यों देते हो? तुमने अनुशासन मानना छोड़ दिया है और अब तुम अनुशासन करोगे।

उस ख़ामोश आवाज़ ने मुझसे कहा कि सबसे ज़्यादा बड़ा तूफ़ान तब पैदा होता है जब ख़ामोशी बोलती है।

जब मैंने कहा कि मैं इसमें असमर्थ हूं, तो सहसा चारों ओर डरावनी हंसी गूंजने लगी। जब हंसी थमी तो उसी आवाज़ ने फिर कहा कि तुम्हारे फल तो पक गए हैं; लेकिन तुम उनके काबिल नहीं हो।

इसके बाद ज़रथुष्ट्र ने निश्चय किया कि अब उसे अपने एकान्त में लौटना चाहिए। इसके साथ ही उसके मन में अपने मित्रों से बिछुड़ने का दर्द टीसने लगा। वह ज़ोर-ज़ोर से रो पड़ा। लोगों ने उसे ढाढ़स बंधाया। आख़िरकार रात के अंधेरे में वह अपने मित्रों को छोड़कर अकेला चल पड़ा।

ज़रथुष्ट्र ने कहा

तीसरा खंड

1. यायावर

क़रीब आधी रात के वक़्त ज़रथुष्ट्र अपने द्वीप की पहाड़ी के उस तरफ़ उतरा ताकि सुबह होने तक वह दूसरे तट पर पहुंच जाए। उस तट पर अक़सर जहाज़ आते और लंगर डालकर खड़े हो जाते थे। इन पर वे लोग यात्राएं करते थे, जो एक द्वीप से दूसरे द्वीप पहुंचना चाहते थे।

पर्वत से उतरते वक़्त बचपन से अब तक की गई अगणित यात्राएं ज़रथुष्ट्र को याद आने लगीं। अब तक उसने न जाने कितनी घाटियों, पर्वतों और पर्वतश्रृंखलाओं को पार किया था।

उसने अपने-आप से कहा—

मैं यायावर हूं और मुझे पहाड़ों पर चढ़ना पसन्द है। मैदान मुझे अच्छे नहीं लगते। मैं चुपचाप बैठ भी नहीं सकता।

इस यायावरी के साथ मेरे अनुभव बढ़ते जा रहे हैं। अब मेरे साथ दुर्घटनाएं नहीं हो सकतीं और अब जो कुछ भी होगा वह मेरा चाहा हुआ ही घटेगा।

एक बात और मुझे याद आ रही है। अब मैं अन्तिम शिखर पर खड़ा हूं। यहां से नीचे उतरना सबसे दुर्गम राह तय करना है।

हां, जो मेरे जैसे स्वभाव का होगा, वह इसकी परवाह नहीं करेगा। यही महानता की राह है।

ज़रथुष्ट्र अपने-आप से यह कहकर चुप होता है और नीचे उतरना शुरू कर देता है। थोड़ा-सा चलकर वह रुकता है और अपने-आप को दुबारा सम्बोधित करता है—

> ओ ज़रथुष्ट्र! तुम महानता की राह पर जा रहे हो, लेकिन तुम्हारी हिम्मत इसी में है कि अपने पीछे कोई राह मत छोड़ो।
>
> अगर सीढ़ियां तुम्हारे लायक न हों; तो तुम अपने सिर पर चढ़कर आगे बढ़ो।
>
> अपने सिर पर चढ़ो और अपने-आप को ऊंचाई से देखो। यही पर्वत शिखर पर चढ़ना है। यही अन्तिम शिखर अभी बाकी है।

यह कहता हुआ ज़रथुष्ट्र दूसरी ओर जा पहुंचा। सामने अथाह समुद्र फैला हुआ था। उसने उदास होकर कहा—

> मुझे अपनी नियति मालूम है। मैं उसके लिए प्रस्तुत हूं। क्या मेरा अन्तिम अकेलापन यहीं से शुरू होता है?
>
> यहां मेरे सामने चढ़ने के लिए सबसे ऊंचे पर्वत की चोटी है और चलने के लिए सबसे लम्बा रास्ता।

2. दृष्टि और भटकाव

जहाज़ पर चढ़ने के बाद ज़रथुष्ट्र के प्रति हर किसी के मन में एक गहरी उत्सुकता थी, लेकिन ज़रथुष्ट्र दो दिन तक लगातार चुप रहा। उसके अन्दर उदासी के कारण कुछ ऐसा गूंगापन और बहरापन पैदा हो गया था कि वह किसी के सवाल को न तो सुन रहा था, न किसी को कोई जवाब दे रहा था। आख़िर उसका मौन टूटा और उसने कहा—

> आओ, तुम लोगों को मैं उस भटकाव के बारे में बताता हूं, जिसे मैंने देखा और जिसे हर अकेले आदमी ने झेला है।
>
> मैं एक दिन उदास चला जा रहा था। धुंधलका किसी लाश की तरह नीला पड़ चुका था। मेरे लिए हर सूरज डूब चुका था।
>
> रास्ता कंटीला, वीरान और पथरीला था और सूखी हुई टहनियां मेरे पैरों के नीचे च-चर्र टूट रही थीं।

हालांकि एक शैतानी ताक़त मुझे नीचे खींच रही थी, फिर भी मैं ऊपर की ओर जा रहा था।

शैतान मेरे कन्धे को दबा रहा था। उसने मुझसे कहा—ओ ज़रथुष्ट्र याद रख, जो पत्थर ऊपर आता है, वह नीचे भी आता है।

ओ ज़रथुष्ट्र! तूने अपनी समझ का पत्थर ऊपर ज़रूर फेंका है; पर यह तेरे सिर पर ही गिरेगा।

उसके इन शब्दों के बाद वहां और सन्नाटा छा गया और मैं और ज़्यादा अकेला हो गया। मैं अपने को बीमार महसूस करने लगा। लगा जैसे मुझे बुरे सपनों ने तोड़ दिया हो।

और तब मेरा साहस जागा। उसके जागते ही मैं सीधा खड़ा हो गया और मैंने कहा—ओ शैतान! तू मुझसे छोटा है।

हिम्मत ही सबसे बड़ा हथियार है। हिम्मत से तुम अपनी हार को भी मार सकते हो।

3. चुनौती

ज़रथुष्ट्र ने चीखकर कहा—

ओ शैतान! या तो मैं रहूंगा या तू और मैं चूंकि शक्तिशाली हूं इसलिए मैं ही जिऊंगा।

तू इस द्वार की तरफ़ देख! यह दो तरफ़ खुलता है। यहां दो रास्ते मिलते हैं और इन रास्तों के अन्त तक कोई नहीं गया।

और यह सामने की लम्बी गली—यह अनन्त की ओर जाती है। पीछेवाली लम्बी गली—वह एक दूसरे अनन्त की ओर जाती है।

ये दोनों एक-दूसरे की विरोधी हैं; एक-दूसरे को काटती हैं।

बस, ये सिर्फ़ यहां इस द्वार पर ही मिलती हैं और वह द्वार है वर्तमान का यह क्षण।

इसे आसान मत समझ, वरना मैं अपने कन्धे से तुझे नीचे उतार दूंगा।

ओ मेरे चारों ओर खड़े हुए साहसी लोगो, सुनो! मैं तुम्हारे सामने यह पहेली रखता हूं। बताओ वह कौन है, जिसके कंठ में सांप घुस गया है?

वह मैं हूं और अब मैंने उस सांप को काट लिया है और अब मेरा कायाकल्प हो रहा है। मैं वह होता चला जा रहा हूं, जो नहीं था।

4. अनचाहा आनन्द

भटकाव और चुनौती की कटुता लिए ज़रथुष्ट्र समुद्र यात्रा करता रहा। जब वह अपने द्वीप से चार दिन की यात्रा तय कर चुका, तो उसका दर्द थम गया। तब आत्मविश्वास के साथ ज़रथुष्ट्र अपने-आप से बोला—

अब मैं फिर अकेला हूं और यह अच्छा लग रहा है।

एक शाम मेरे दोस्त मुझे मिले थे। एक और शाम वे दुबारा मिले। इस बीच मैंने अकेलेपन का दर्द सहा और अब वह दर्द शान्त हो गया है।

स्वर्ग से पृथ्वी की ओर बढ़ रहा आनन्द ऐसी आत्मा की तलाश में था जिसमें वह अच्छी तरह रह सके। मेरी आत्मा में उस आनन्द के उतरने के बाद अब दिन थम गया है, अंधेरा नहीं आएगा।

देखो, मैंने एक चीज़ कभी नहीं छोड़ी। मैं हमेशा अपने विचारों की नई पौध लगाता रहा हूं। यही मेरी सबसे बड़ी आशा है।

अब मैं अपना काम आधा ख़त्म कर चुका हूं और इसे ही अपनी सन्तति के रूप में छोड़ जाना चाहता हूं।

मेरे अतीत का मक़बरा फट रहा है और उसमें दफ़न मेरे दर्द ऊपर आ रहे हैं। मक़बरे की पुरानी लिखावट मुझसे कहती है— वक़्त आ गया है।

मुझे पता नहीं चला कि वक़्त आ गया है। मुझे उसके आने का अहसास तब हुआ जब आकाश मेरे सामने से हट गया। देखो, आनन्द मेरे पीछे भाग रहा है!

5. सूर्योदय से पहले

ज़रथुष्ट्र अपने दुर्भाग्य का इन्तज़ार कर रहा था। सारी रात वह इन्तज़ार करता रहा। रात ख़ामोश थी। सुबह ज़रथुष्ट्र अचानक हंस पड़ा। बोला—

देखो, मेरे पीछे खुशी भागकर आई। मैं औरत के पीछे नहीं भागता, इसीलिए खुशी भागकर आई, क्योंकि खुशी भी एक औरत है।

ओ आकाश! मैं तुम्हारे अन्तराल को देखकर अपने अन्दर एक दिव्य कामना उभरती महसूस करता हूं।

मैं तुम्हारी ऊंचाई तक पहुंचना चाहता हूं। ईश्वर सुन्दरता को छुपाता है, इसीलिए उसने तुम्हें सितारों से ढक दिया है।

मैं तुम्हारा शुरू से ही दोस्त हूं। हम दोनों एक ही धरती, एक ही दर्द, यहां तक कि एक ही सूर्य को जानते हैं।

हम एक-दूसरे से बात नहीं करते, क्योंकि एक-दूसरे को बहुत गहराई से पहचानते हैं।

अपनी यात्राओं में, अपने अकेलेपन में और पर्वत पर बार-बार चढ़ने की अपनी कोशिश में शायद कहीं मैंने तुम्हें छू लेने की लालसा ही छुपी देखी है।

मुझे तुम पर दाग़ डालनेवाली हर चीज़ से नफ़रत है, चाहे वे तारे हों या बादल।

मेरे और तुम्हारे बीच कोई भी दूसरी चीज़ असहनीय होती है।

उस दिन आसमान साफ़ था, जिस दिन वहां से मेरे ऊपर यह सत्य टपका कि जो आशीष नहीं दे सकता, उसे शाप देना ज़रूर सीख लेना चाहिए।

मेरे अन्तर के आकाश में सत्य का यह एक सितारा गहरे अंधेरे में भी स्थिर होकर चमकता रहता है।

देखो, उन्होंने तो हर चीज़ में अपनी समझ की मिलावट कर रखी है। हर चीज़ गन्दी कर रखी है।

ओ मेरे ऊपर के आकाश! ओ शून्य, सिर्फ़ तुम्हीं शुद्ध हो यहां, पवित्र हो। ओ आकाश! सूर्योदय से पहले तक तुम्हीं मेरी खुशी हो। लो, सूरज निकलनेवाला है। आओ हम एक-दूसरे से विदा लें।

6. बौनी मर्यादाएं

द्वीप पर लौटकर ज़रथुष्ट्र सीधा अपने पहाड़ पर नहीं गया। वह जगह-जगह घूमकर हर चीज़ को देखता-परखता रहा। आख़िर उसने अपने-आप से मज़ाक़ में कहा—

देखो, यह नदी घूम-घामकर अब उस तरफ़ बह रही है जहां से निकलीं थी।

ज़रथुष्ट्र जानना चाहता था कि उसकी अनुपस्थिति में लोगों ने क्या किया। वे बड़े हो गए या छोटे। एक जगह उसने नए बने मकानों की एक कतार देखी तो उसने कहा—

इन मकानों का क्या मतलब है? लगता है किसी शरारती बच्चे ने अपने खिलौनों के डिब्बे से निकालकर इन्हें यहां रख दिया है।

शायद अभी कोई दूसरा बच्चा आएगा और वह इन्हें वापस उसी डिब्बे में रख देगा।

ज़रथुष्ट्र थोड़ी देर खड़ा सोचता रहा फिर उसने कहा—

हर चीज़ यहां छोटी हो गई है। हर जगह दरवाज़े और नीचे हो गए हैं।

अब मैं कब ऐसे मकान में पहुंचूंगा, जहां झुककर अन्दर न जाना पड़े?

इसके बाद ज़रथुष्ट्र ने लोगों को बताया कि मर्यादाएं भी इसी तरह छोटी और बौनी हो जाती हैं। उसने कहा—

मैं लोगों के बीच से गुज़रता हूं और आंखें खुली रखता हूं। मैं उन लोगों के सद्गुण नहीं अपनाता इसके लिए वे मुझसे नाराज़ हैं।

वे मुझसे बेहद नाराज़ हैं, क्योंकि मैंने उन्हें बता दिया है कि छोटे आदमियों के लिए छोटी मर्यादाएं ही ज़रूरी होती हैं।

नाराज़ लोग आग के चारों ओर बैठकर कहते हैं—देखो, यह भयानक आदमी और क्या विपत्ति लाता है। ज़रूर अब प्लेग फैलेगा। अपने-अपने बच्चों को बचाकर रखो।

उन्हें बौनी मर्यादाओं से डर नहीं लगता। उनके साथ वे सहज ही हिलमिल जाते हैं।

अपने मन में वैसे वे सिर्फ़ एक बात ही चाहते हैं कि उन्हें कोई चोट न पहुंचाए। हालांकि वे इसे सद् गुण मानते हैं मगर वह दरअसल कायरता है।

मैं उनके बीच से गुज़रा और मैंने अपने कुछ शब्द वहां गिरा दिए। उनकी समझ में नहीं आया कि वे उन शब्दों को फेंक दें या वहीं पड़ा रहना दें।

तब मैंने उन्हें ललकारकर कहा—तुम अभिशप्त हो कि कायर हो? ज़रथुष्ट्र का कोई ईश्वर नहीं इसलिए वह बुरा नहीं है।

मैं ईश्वरहीन हूं इसीलिए सच कहता हूं और सत्य को तुम्हें भी सुनाता हूं।

अगर मेरे शब्द बेकार गए तो तुम अपने छोटे-छोटे सद्गुणों और नन्हे-नन्हे गुनाहों के साथ नष्ट हो जाओगे।

7. गुज़रते हुए

इस तरह बहुत-से शहरों और अनगिनत लोगों के बीच से गुज़रते हुए टेढ़े-मेढ़े रास्तों से होता हुआ ज़रथुष्ट्र पहाड़ पर अपनी गुफ़ा में लौट आया। यहां अचानक ही उसे बड़े शहर का फाटक अपने सामने दिखाई पड़ा। अभी वह उसकी ओर देख ही रहा था कि एक उत्तेजित मूर्ख उसकी ओर हाथ बढ़ाकर झपटा।

लोग इस मूर्ख को ज़रथुष्ट्र का बनमानुष कहते थे। उसने ज़रथुष्ट्र से थोड़ी-थोड़ी समझ ले ली थी। नज़दीक आकर उस मूर्ख ने कहा—

ओ ज़रथुष्ट्र! देखो यह रहा महानगर! यहां तुम्हें मिलेगा कुछ नहीं, तुम अपना सब-कुछ खो भले दोगे।

क्यों अपने पैर थकाते हो? इस द्वार पर थूक दो और यहां से वापस चले जाओ।

यहां हर महान संवेदना सड़ने लगती है और लोग हर अच्छे विचार को उबालकर पिचपिचा कर देते हैं।

ज़रथुष्ट्र ने उस उबलते हुए मूर्ख का मुंह बन्द करके ख़ामोश कर दिया और कहा—

बहुत हो चुका। अब बकवास बन्द करो। तुम कीचड़ के पास इतने दिन क्यों रहे कि तुम आख़िरकार खुद एक मेंढक बन गए?

तुम्हारी इस चेतावनी से मुझे सख़्त घृणा है। यह चेतावनी तुमने खुद अपने-आप को क्यों नहीं दी?

यह कहकर ज़रथुष्ट्र महानगर के अन्दर चला गया। वह वहां बहुत-बहुत ख़ामोश था। आख़िर अपनी ख़ामोशी तोड़कर उसने कहा—

मुझे वह आग दीख रही है जो इस शहर को निगल लेगी। यही इसकी नियति है। हां, यह समय आने पर ज़रूर होगा।

ओ मूर्ख! मैं तुमसे विदा लेते वक़्त यही एक बात कह जाना चाहता हूं कि जहां किसी को प्यार मिलने की आशा न हो, वहां से चले जाना चाहिए।

ज़रथुष्ट्र ने यह कहा और वह महानगर छोड़कर मूर्ख के पास से गुज़रता हुआ एक ओर निकल गया।

8. विधर्मी

जहां अब तक हरी-भरी लताएं और कुंज थे, वहां अब सब-कुछ सूख चुका है। ज़रथुष्ट्र ने अपने-आप से पूछा—

अब तक मैं अपने छत्ते तक कितना शहद ला सका हूं?

मैंने देखा था कि वे लोग बड़े उत्साह से ज़िन्दगी की राह पर दौड़े जा रहे थे, उनके पैर थक चुके हैं। अब वे ज़मीन पर रेंग रहे हैं।

कभी वे रोशनी और मुक्ति के लिए कवियों और तितलियों की तरह उड़ रहे थे। अब वे सिर्फ़ रहस्य के जाल में उलझते जा रहे हैं।

बहुत थोड़े लोग ही होते हैं, जिनका साहस नहीं टूटता। बाक़ी सब सिर्फ़ कायर होते हैं।

उन लोगों को गिर जाने दो। उनके लिए अफ़सोस न करो।

जिन्होंने धर्म को तोड़ा है वे अब अपने को पवित्र मानते हैं। हां, उनमें से कुछ यह स्वीकार करते हुए डरते हैं।

मैं इन डरनेवालों की आंखों में झांककर कह सकता हूं कि वे कभी भी शिकार बना दिए जाएंगे। उन्हें फिर इबादत करनी पड़ेगी।

इबादत करना शर्मनाक है। सबके लिए नहीं, मेरे और इन जैसे लोगों के लिए।

चूंकि तुम कायर हो इसलिए तुम्हें लग रहा है कि तुम्हारे अन्दर अभी शैतान घुसा हुआ है। वही तुम्हें मजबूर करता है कि तुम इबादत करो। वही कहता है—तुम ईश्वर को स्वीकार करो।

याद रखो तुम रोशनी से डरनेवाले लोगों में से हो और तुमसे रोशनी कतराती रहेगी।

अब कुछ लोग तो पहरेदार बन गए हैं। वे रात को 'जागते रहो' की आवाज़ें लगाते फिरते हैं और चाहते हैं कि पुराना जो कुछ भी है, वह अगर सो रहा हो तो जाग जाए।

पिछली रात मैंने पुरानी बातों के बारे में कुछ शब्द सुने। ये शब्द थके हुए पहरेदार से सुनाई दिए थे।

वे शब्द सिर्फ़ इतने तक सीमित थे कि लोग अपने बच्चों की देखभाल नहीं करते।

मैं उनकी बात पर जी खोलकर हंसा। मुझे आश्चर्य हुआ कि उन लोगों का क्या होगा जिन्होंने बीसियों ईश्वर खोज रखे हैं और जिनसे ईश्वर अचानक कह देगा—तुम्हें सिर्फ़ एक ईश्वर मानने की ही इजाज़त है। बाक़ी ईश्वर मैं ख़ारिज़ करता हूं।

9. घर को वापसी

रंगीन गाय नामक अपने प्रिय शहर से ज़रथुष्ट्र को अपनी गुफ़ा तक पहुंचने के लिए दो दिन की यात्रा करनी होती है। ज़रथुष्ट्र अब अपने घर की ओर लौट रहा था और उसका मन खुशी से झूम रहा था। ज़रथुष्ट्र ने कहा—

ओ अकेलेपन! मैं बहुत दिन तुमसे दूर जाने कहां-कहां भटकता रहा। अब मैं खुशी-खुशी वापस लौट रहा हूं।

अब तुम किसी मां की तरह मुझे धमकाकर मेरी ओर उंगली उठाते हुए कहो—तुम कहां थे?

ओ ज़रथुष्ट्र! मुझे मालूम है कि हज़ारों लोगों के बीच भी तुम खोए हुए थे, जबकि अकेले होकर भी यहां तुम अकेले नहीं हो। वहां तुम उपेक्षित थे, यहां एकान्त हो।

ओ ज़रथुष्ट्र! उपेक्षित होना और एकान्त होना अलग-अलग स्थितियां हैं। शायद तुम अब यह सीख गए हो।

यहां तुम्हें अस्वीकृति का भय नहीं महसूस होगा। अब यहां तुम खुलकर बोल सकते हो।

याद है—जब तुम एक लाश लेकर जा रहे थे और तुमने कहा था कि आदमियों की अपेक्षा तुम जानवरों में रहना पसन्द करोगे? यही उपेक्षित होने का अहसास है।

तुम्हें याद है—जब तुमने उन्हें शब्द दिए थे और वे चुपचाप बैठे रहे थे? यही उपेक्षित होने का अहसास है।

ज़रथुष्ट्र ने अपने-आप में खोकर कहा—

ओ अकेलेपन! तुम मुझसे कितने प्यार से बात करते हो। अब यहां बोलना व्यर्थ है। अब मैं यहां ख़ामोशी से बैठकर इस बात का इन्तज़ार करूंगा कि वे बीती स्मृतियां गुज़र जाएं। मैंने अब यही सीखा है।

अब मैं उनकी सांस भी पसन्द नहीं करता।

वहां उन लोगों में जो कुछ भी बोला जाता है, वह सब ग़लत समझा जाता है।

वहां जो बोला जाता है उससे आगे की बात बोलने की कोशिश करने लगते हैं लोग।

वैसे वहां रहकर मैंने यह ज़रूर सीख लिया है कि अपनी अच्छाइयों और अपने सत्य के ख़ज़ाने की रक्षा मुझे ही करनी होगी।

वहां क़ब्र खोदनेवाले लोग अपने लिए बीमारियों के ताबूत ढोते हैं, उनकी पुरानी मर्यादाओं से बदबू उठती रहती है।

मैं उस गन्ध को कुरेदने के बजाय इन पहाड़ों पर रहना बेहतर समझता हूं।

10. नए और पुराने विचार

ज़रथुष्ट्र ने कहा—

1

मैं यहां पुराने टूटे-फूटे ख़यालों के बीच बैठा हूं। यहां कुछ अधूरे नए विचार भी हैं। मेरा वक़्त कब आएगा?

कब वह वक़्त आएगा कि मैं इस पर्वत से नीचे जाऊं लोगों के बीच और उनसे बातें करूं।

लेकिन इसके लिए पहले मुझे इशारा मिलना चाहिए कि अब मेरा वक़्त आ गया है। अब इस हंसते हुए शेर को बत्तखों के बीच चलना चाहिए। चलो, तब तक मैं अपने-आप से ही बातें करूंगा।

2

जब मैं आदमियों के पास लौटा तो मैंने उन्हें एक पुराने ढोंग पर टिका हुआ पाया! उनका ख़याल था कि उनके लिए जो अच्छा और बुरा है उसे वे बहुत पुराने ज़माने से जानते हैं।

उनमें इस बात से खलबली मच गई, जब मैंने उन्हें बताया कि तुममें से किसी को भी अच्छे और बुरे के बारे में कुछ भी पता नहीं।

सिर्फ़ वही आदमी अच्छे और बुरे का निर्माता हो सकता है जो आदमी की मंज़िल की रचना कर सके और दुनिया को उसका अर्थ और भविष्य दे सके।

3

यहीं मुझे वह रास्ता मिला, जहां से मैंने अपना शब्द 'महामानव उठाया। यहीं समझा कि आदमी को अपने से ज़्यादा कुछ बनना चाहिए।

मैंने लोगों को नए सितारे दिखाए। नई बातें समझाईं। मैंने उन्हें यह बताया कि मैं किसी धारणा को कैसे कविता में बदलता हूं।

किसी संगीतकार, कवि, समस्या सुलझानेवाले और अवसरवादिता से लोगों की रक्षा करनेवाले के रूप में मैंने उन्हें भविष्य बनाना सिखाया।

4

देखो, यह रहा नया विचार! लेकिन इसे कौन उठाकर लोगों की आत्मा की घाटियों तक ले जाएगा?

आदमी को अपने से आगे बढ़ना होगा। इसके कई तरीक़े हैं। सिर्फ़ कोई मसखरा ही इसे आसान मानेगा।

जो किसी पर अनुशासन नहीं कर सकते, दूसरों की हुकूमत में जीते हैं। कुछ ही लोग हैं, जो अपना नियमन स्वयं करते हैं।

5

जो सभ्यता को आगे ले जाने में पहला होता है, उसे ही अपनी बलि देनी होती है। संयोग से मैं पहला हूं।

पुरानी मूर्तियों के पूजक अपने रहस्यों की वेदी पर हमारी बलि देते हैं और हम रक्त से लथपथ वहां सूखते रहते हैं।

हमारे विचार चूंकि ताज़े और नए होते हैं, इसलिए पुजारियों को वे ताज़े नन्हे बकरे के गोश्त की तरह अच्छे लगते हैं।

यही हमारे जैसे लोगों की नियति है और हमें ऐसे लोगों से ही प्यार है, जो इस तरह मरने से कतराते नहीं।

6

पानी के दोनों ओर बांध हो और किनारों पर मज़बूत दीवारें खड़ी कर दी गई हों, तो उन लोगों को मेरी इस बात पर यक़ीन नहीं आएगा कि यहां सब-कुछ गड़बड़ी में पड़ गया है।

आम आदमी भी उठकर मुझे चुनौती देगा, क्या गड़बड़? कैसी गड़बड़? देखते नहीं पानी दोनों ओर के बांध के बीच कितनी आसानी से बहता जा रहा है।

वह कहेगा—सब-कुछ तो ठीक है, क्योंकि बांध मज़बूत है। सारे मूल्य, सारे पाप और पुण्य सही दिशा में हैं।

मगर ज़रा ध्यान से देखो, जिसे तुम बांध कहते हो वही है गड़बड़ी, क्योंकि वह मुक्ति को क़ैद करके रखता है।

7

एक पुराना वहम है—पाप और पुण्य। इसी के चारों ओर भविष्य बतानेवाले पुजारी और ज्योतिषी चक्कर काटते हैं।

कभी लोग इन्हीं ज्योतिषियों में आस्था रखते थे और इसीलिए वे भाग्यवादी थे—जो होना है वही तुम करोगे। अपनी इच्छा से कुछ भी नहीं कर सकते।

और तब वह आया जिसे इन पर आस्था नहीं थी और उसने कहा—मुक्ति हर कहीं सम्भव है। तुम्हारी इच्छाशक्ति ही तुम्हारे कर्म को नियन्त्रित करती है।

8

कभी जो यह कहते थे कि तुम चोरी मत करो, हत्या मत करो। उनके आगे जूते उतारकर तुम आदर से सिर नवाते थे।

मैं तुमसे पूछता हूं—क्या ये वही लोग नहीं हैं, जिन्होंने तुम्हें लूटा है और तुम्हारी हत्या कर दी है? ओ भोले लोगो! मैं कहता हूं, तोड़ दो! पुरानी इबारत मिटा दो।

9

मेरे दोस्तो, मैं तुम्हें महानता की एक नई परिभाषा देना चाहता हूं। उसे लेकर तुम्हारा स्रष्टा जाग उठेगा। तुम नई ज़मीन तोड़कर नए बीज उगा सकोगे।

महानता वह नहीं है जिसे अक़सर तुम व्यापारियों से ख़रीदते रहे हो। इस नई महानता को हाथ में लेकर तुम इस लायक़ बन सकोगे कि अपने-आप से आगे जा सको। मैं तुम्हें नए शब्द दूंगा।

10

आज भी एक पुराना विचार लोगों में घर किए हुए हैं—जीना निरर्थक है। सब-कुछ व्यर्थ है। जीना बस सिर्फ़ जलते हुए राख़ हो जाना है। इस

तरह की बातें बुद्धिमानी में गिनी जाती हैं। पुरानी किताबें ऐसी बचकानी बातों से भरी पड़ी हैं।

तोड़ दो, तोड़ दो ऐसे विचारों को! ।

11

लोग कहते हैं कि जो पवित्र है, उसके लिए हर चीज़ पवित्र है। मैं कहता हूं—कुत्ते के लिए हर चीज़ में कुत्तापन भरा हुआ है।

इबादत करनेवाले सिर झुकाकर कहते हैं—सारी दुनिया में गन्दगी भरी हुई है।

इन लोगों के लिए हर आत्मा अपवित्र है, क्योंकि वे दुनिया को सामने से नहीं पीछे से देखने के आदी हैं।

उन लोगों से मैं कहता हूं—आदमी जैसी ही यह दुनिया भी होती है और उसके पीछे भी भद्दापन होता है।

दुनिया में गन्दगी है, यह सच है लेकिन दुनिया ख़ुद एक गन्दा दैत्य नहीं है।

12

कुछ लोग अंधेरी गलियों में छुपे हुए एक-दूसरे को समझाते हैं—जो बहुत कुछ सीख जाता है वह असली बातें भूल जाता है। यह नई बात मैं तुम्हें बताना चाहता हूं।

बहुत ज्ञान सिर्फ़ थकाता है, देता कुछ नहीं। इस नए विचार को बाज़ारों में लटका दो।

विचारों पर विचार लोग खाते चले गए। यहां तक कि अब लोगों का पेट ख़राब हो गया है।

13

लो, वहां वह नाव खड़ी है। यह नाव एक विराट शून्य की ओर ले जाती है। कौन सन्देह की इस नाव पर चढ़ेगा?

तुम लोग आज भी जहां थे वहीं चिपके रहना चाहते हो।

14

कुछ बड़ी बातें इसलिए पैदा हुई थीं कि लोग उनसे आगे सोचते-सोचते थक चुके थे।

कुछ बड़ी बातें इसलिए सामने रख दी गई थीं कि लोग आलसी थे और उनके अलावा कुछ सोच नहीं सकते थे।

हालांकि ये दोनों विचार एक जैसे ही हैं लेकिन इनके निर्माता चाहते हैं कि दोनों अलग-अलग समझे जाएं।

15

मैंने अपने आसपास एक दायरा बना लिया है। पहाड़ों की इन ऊंचाइयों पर शायद ही कभी कोई आता हो।

मेरे दोस्तो! जब भी मेरे पास पहाड़ पर आओ तो ध्यान रखो! कहीं तुम्हारे साथ कोई परोपजीवी प्राणी न आ जाए, जिसकी आदत होती है दूसरे के विचारों पर अपना घर बनाना।

यह परोपजीवी बड़ा चतुर होगा। जहां मौक़ा पाएगा तुम्हारी यात्रा को अपनी यात्रा बना देगा।

वह वहीं अपना घोंसला बनाता है जहां दूसरों को कमज़ोर और भला और सीधा पाता है।

16

ओ मेरे दोस्तो! मैं निर्मम हो गया हूं। मैं धक्का देने में विश्वास करने लगा हूं। तुम मुझे उड़ना नहीं सिखा सके, मैं तुम्हें गिरना सिखा रहा हूं।

जहां कहीं भी देखो आज सब-कुछ सड़ रहा है, टूट रहा है। मैं इसे एक और ठोकर देना चाहता हूं।

तुमने चट्टान को लुढ़काने के बाद उसको नीचे गिरते देखने का आनन्द कभी महसूस किया है? देखो, वे लोग अब किस बुरी तरह मेरी गहराइयों में लुढ़कते हुए गिर रहे हैं।

17

देखो, जो यह समझ गया है कि पुराने विचारों की दुनिया कैसे पैदा हुई, वही आख़िर में इस बात की तलाश भी शुरू करता है कि नया भविष्य कैसे बनेगा।

जल्दी ही वह दिन आएगा मेरे दोस्तो! जब नया आदमी पैदा होगा और नए विचारों के स्रोत फूटेंगे।

जब ज्वालामुखी फटता है, तो वह हमारे विचारों को हिलाकर रख देता है, हमारे घर गिरा देता है; लेकिन साथ ही वह धरती के अन्दर से बिलकुल नए रहस्य उगल देता है।

मानव समाज नई खोज का एक प्रयत्न है।—मैं यही सिखा सकता हूं।

18

मानव जाति के लिए सबसे बड़ा ख़तरा क्या है? क्या अच्छाइयां और नीतियां ही सबसे बड़ा ख़तरा नहीं हैं?

दुनिया का सबसे बड़ा नुकसान अच्छाइयों ने किया है।

दुनिया का सबसे बड़ा नुक़सान नीतियों ने किया है।

अच्छे और नीतिवान आदमी की बुराई यह है कि वह अपने-आप को मुक्त होकर समझ नहीं सकता। अच्छाइयों और नीतियों के डिब्बे में उनकी चेतना बन्द रहती है।

यही वे लोग हैं, जो उनके सामने लटके तख़्ते पर पुरानी इबारत मिटाकर कुछ नया लिखनेवालों को सलीब पर लटका देते हैं। इस तरह वे हमेशा नए भविष्य को सूली पर चढ़ाते रहते हैं।

19

लो, तुम भाग रहे हो। तुम डरे हुए हो। तुम्हें मेरे नए शब्दों से कंपकंपी छूटती है।

याद रखो, मैं कहता हूं, अपनी नीतियों के पुराने आलेख तोड़ दो। मैं तुम्हें गहरे सागर तक ले चलूंगा।

अच्छाइयों ने तुम्हें तट पर खड़े रहना सिखाया है। मैं तुम्हें यात्रा सिखाऊंगा।

अच्छाइयों और नीतियों की धरती छोड़कर आओ मैं तुम्हें उस द्वीप पर ले चलूं, जहां तुम्हें आदमी मिलेगा। वही द्वीप है, जिसे 'आदमी का भविष्य' कहा जाता है। आओ, हम और तुम मिलकर उस नए द्वीप की यात्रा करें।

20

ओ मेरी इच्छाशक्ति! तुम हर छोटी जीत के लालच से मेरी रक्षा करो।

ओ इच्छाशक्ति! तुम्हें ही मैं अपनी नियति मानता हूं। अब तुम मुझे सबसे बड़ी और अन्तिम घटना के लिए तैयार करो।

ओ मेरी इच्छाशक्ति! अब मुझे छोटी-छोटी विजय यात्राओं से बचाकर अन्तिम, महाविजय की महायात्रा के लिए तैयार करो।

11. दूसरा मृत्युगीत

एक दिन ज़रथुष्ट्र को पशुओं ने घेर लिया। उनके पास बहुत-से सवाल थे। उन्होंने ज़रथुष्ट्र से कहा कि वह नीचे न जाए, यहीं अपनी गुफ़ा में रहे। ज़रथुष्ट्र को बहुत तकलीफ हुई और वह दर्द से बेहोश हो गया। सात दिन पशु उसे घेरे रहे। आख़िर जब वह जागा, तो उसने कहा—

तुम ठीक कहते हो। अब मैं यहीं रहूंगा।

ज़रथुष्ट्र यह कहकर ख़ामोश हो गया। पशु उसे घेरे इन्तज़ार करते रहे। उन्होंने सोचा, ज़रथुष्ट्र सो गया है। मगर उसके अन्दर का गिद्ध और सांप छटपटाने लगा था। अब उसकी आत्मा की ज़बान खुल गई थी। ज़रथुष्ट्र ने कहा—

> ओ जीवन! मैंने अभी तुम्हारी आंखों में झांका। तुम्हारी काली आंखों में सोने के जैसी चमक थी।
>
> मैंने लहरों पर थपेड़े खाता, डूबता, उतराता, भीगता और बहता हुआ एक सुनहला लट्टा देखा।
>
> तुमने मुझे अपने नन्हें हाथों से ज़रा-सा छुआ था और लो मेरे क़दम नृत्य की गति से थिरकने लगे हैं।
>
> मेरी एड़ियों की ताल को मेरे अंगूठे ने सुना। यह कैसे हुआ है कि अंगूठे के कान उग आए हैं।
>
> तुमने अपनी कंटीली आंखों से मुझे कंटीली गति दे दी है। मैं तुम्हारी तरफ़ हाथ बढ़ाता हूं, तो तुम पीछे हट जाते हो। मैं पीछे हटता हूं तो वापस मुड़कर मेरी ओर देखते हो।
>
> तुम निकट हो तो मुझे डर लगता है और दूर हो तो प्यार आता है।
>
> मैं तुम्हारे क़दमों पर नाचता हुआ आगे बढ़ रहा हूं। तुम कहां हो? मुझे अपनी उंगली का स्पर्श दो।
>
> यहां गहन गह्वर हैं। मैं उनमें भटक सकता हूं। ठहर जाओ। क्या तुम्हें

चारों ओर से झपटते चमगादड़ नहीं दिखाई दे रहे?

यह बिना सहारे का नृत्य एक शिकार है। तुम मेरे साथ शिकारी कुत्ते की तरह चलोगे या तुम्हीं मेरा शिकार बनोगे?

क्या अब तुम्हें थकावट हो रही है? आओ, अब मैं तुम्हें ले चलूं।

2

जीवन थोड़ा ठिठककर ज़रथुष्ट्र की ओर घूमा। उसने कहा—

ज़रथुष्ट्र, इतनी ज़ोर से कोड़ा मत पटको। आवाज़ से विचार मर जाया करते हैं।

हम दोनों ने पाप और पुण्य के परे अपने इस हरे-भरे द्वीप की खोज कर ली है। हम लोग अकेले हैं, हम दोनों दोस्त रहेंगे।

जीवन के चेहरे पर थोड़ी उदासी आ गई। उसने इधर-उधर देखकर फिर कहा—

ज़रथुष्ट्र, तुम अब मुझे उतना प्यार नहीं करते। मुझे मालूम है कि जल्दी ही तुम मुझे छोड़ जाओगे।

मेरे और तुम्हारे बीच एक घड़ी है। वह तुम्हें वक़्त बताने लगी है।

आधी रात को जब यह घड़ी बारह बजाती है, उस वक़्त तुम सोचते हो कि वह वक़्त आ गया जब तुम मेरा साथ छोड़ दो।

ज़रथुष्ट्र संकोच से भर गया। उसने धीरे-से कहा—

हां, लेकिन तुम्हें भी तो इसका पता है।

ज़रथुष्ट्र और जीवन ने एक-दूसरे की ओर देखा। हरी-भरी कुंजों के ऊपर से सर्द शाम धीरे-धीरे गुज़र रही थी। वे दोनों रो पड़े और देर तक रोते रहे। ज़रथुष्ट्र ने सोचा—आज जीवन मुझे जितना प्रिय हो गया है, उतना कभी नहीं था।

<u>3</u>

ज़रथुष्ट्र ने कहा—

लो, घड़ी आगे बढ़ रही है वक़्त के साथ।

एक—ओ आदमी! ध्यान दो।

दो—सुना, आधी रात का वक़्त क्या कह रहा है?

तीन—मैं अपनी नींद सो चुका हूं—

चार—गहरे सपने से मैं जागा और मैंने याचना की—

पांच—दुनिया बहुत गहरी है,

छह—जितना उसे यह संसार समझता था, उससे कहीं ज़्यादा गहरी।

सात—दुनिया का दर्द भी गहरा है—

आठ—लेकिन आनन्द उस दर्द से भी गहरा है।

नौ—दर्द कहता है : तुम चले जाओ! जाओ, अभी!

दस—लेकिन आनन्द को अनन्त की खोज है—

ग्यारह—उसे गहरी, स्थाई अनन्तता चाहिए!

12. सात बातें

ज़रथुष्ट्र ने कहा—

अभी तक मुझे ऐसी औरत नहीं मिली जिसके साथ मैं बच्चे पैदा करूं। ओ अनन्त! मुझे तुमसे ही प्यार है और तुम्हीं से मैं वंश चला सकता हूं।

मैं गिरजाघरों के साथ ईश्वर की क़ब्र से भी प्यार कर सकता हूं। शर्त यही है कि ईश्वर गिरजाघरों की टूटी छतों से कुछ शुद्ध आंखों से नीचे देखने की कोशिश करे।

यह धरती दैवी इलहामों की इबादतों से भरी पड़ी है। जहां मैं इस पर एक नया शब्द लिखता हूं यह कांपने लगती है।

मैं चाहता हूं, मेरी सामर्थ्य दूरियों और नज़दीकियों को इकट्ठा कर दे, आग और आत्मा, सुख और दुख, कोमलता और तिक्तता को एक साथ ला खड़ा करे।

मैं खुशी से चीखना चाहता हूं—देखो, दीवारें टूट गई है और मैं मुक्त हो गया हूं।

मैं धूर्त्तता और कपट की हंसी हंसता हूं क्योंकि दूसरी हर हंसी में पाप लिथड़ा हुआ दिखाई देता है।

शब्द उनके लिए होते हैं, जो वज़न सह सकते हैं। हलके लोगों के लिए शब्द व्यर्थ है।

ज़रथुष्ट्र ने कहा

चौथा खंड

1. मीठा बलिदान

ज़रथुष्ट्र अपनी गुफ़ा के बाहर पत्थर पर बैठा रहा और महीने और साल गुज़रते रहे। एक दिन वह चुपचाप उसी पत्थर पर बैठा शून्य की ओर दूर देख रहा था। तभी तमाम जानवर चारों ओर से आए और उसे घेरकर बैठ गए। जानवरों ने कहा—

ओ ज़रथुष्ट्र! क्या दूर तुम अपनी खुशियों की तरफ़ देख रहे हो?

ज़रथुष्ट्र ने कहा—

अब वे खुशियां मेरे किस काम की हैं? खुशियों की खोज मैंने कब की बन्द कर दी। अब मैं सिर्फ़ काम करना चाहता हूं।

जानवरों ने कहा—

यह तुम क्यों कह रहे हो ज़रथुष्ट्र? क्योंकि तुमने तो काम ही काम किया। है। क्या तुम झूठ नहीं बोल रहे?

ज़रथुष्ट्र ने खीझी मुस्कुराहट के साथ कहा—

ओ पाजियो! मेरी खुशी हल्की नहीं है कि लहरों के साथ दूर चली जाए। वह भारी है और मेरे पास ही रहती है।

एक बार इसी तरह वे जानवर फिर ज़रथुष्ट्र के पास आए और उसे चारों ओर से घेरकर बैठ गए। उन्होंने कहा—

ओ ज़रथुष्ट्र, तुम्हारे बाल अब सफ़ेद हो रहे हैं।

ज़रथुष्ट्र ने मुस्कुराकर कहा—

> यह तो होता ही है। क्या तुम लोग भी पहाड़ की ऊंचाइयों तक नहीं पहुंचना चाहोगे? मैं आज वहां जाऊंगा। देखो वहां अच्छा, ताज़ा, मीठा शहद तैयार रखना। मैं शहद की आहुति दूंगा।

यह कहकर ज़रथुष्ट्र पहाड़ की चोटी पर पहुंचा लेकिन वहां वह फिर वैसे ही अकेला था। तपस्वियोंवाले वे तमाम जानवर वहां नहीं थे। तब ज़रथुष्ट्र अपने-आप में खुश होता हुआ बोला—

> अच्छा ही हुआ कि मैंने शहद की आहुति की बात उनसे कह दी थी। अब वे यहां नहीं आएंगे और मैं फिर अकेला हूं। अब उनकी गैरहाज़िरी में मैं मुक्त होकर अपनी बातें कह सकता हूं।
>
> दरअसल मैंने जिस शहद की बात की वह तो शिकारी का चारा था, जिसे देखकर लालची शिकार जाल में फंसता है।
>
> मैंने अपनी ख़ुशियों का चारा पूरब से पश्चिम तक सारी दुनिया के सामने फेंका और देखता रहा कि वे उस चारे को खाते हैं या नहीं।
>
> मैंने अपनी खुशियां उनके बीच छोड़ दीं, यह देखने के लिए कि वे उनसे दूर भागते हैं या उन्हें अपनाते हैं।
>
> मैंने उन्हें ललकारा—तुम जो हो वही हो जाओ।

अब लोग मुझ तक आ रहे हैं। अब वक़्त आ गया है कि मैं उनसे मिलने जाऊं। मुझे उनके बीच जाना ही होगा।

2. सन्त्रास की चीख़

अगले रोज़ ज़रथुष्ट्र फिर अपनी गुफ़ा के आगे पत्थर पर बैठा हुआ था। जानवर दुनिया में घूम रहे थे ताकि वे नया भोजन और नया शहद खोजकर ला सकें। ज़रथुष्ट्र अपने हाथ के डंडे से अपनी छाया को टटोल रहा था और कुछ सोच रहा था। सहसा वह चौंक पड़ा। चौंककर पीछे खिसक गया। उसने देखा, उसकी

छाया के क़रीब एक और छाया दीख रही है। उठ खड़ा हुआ ज़रथुष्ट्र। तब उसने देखा, वहां उसके पीछे एक ज्योतिषी खड़ा है। यह वही ज्योतिषी था, जो दुनिया को असार कहा करता था। मगर अब उसका चेहरा बदल गया था। ज़रथुष्ट्र ने उसे देखा और दोनों ने एक-दूसरे को परखा। थोड़ी देर बाद दोनों ने अपने-आप पर थोड़ा नियन्त्रण किया। थोड़ा-सा आगे बढ़कर ज़रथुष्ट्र और उस भविष्यवक्ता ने एक-दूसरे से हाथ मिलाया। यह इस बात का आश्वासन था कि दोनों ने एक-दूसरे को पहचान लिया है। आख़िर ज्योतिषी ने कहा—

> ओ बूढ़े आदमी! लोग तुझे ज़रथुष्ट्र कहते हैं। मगर अब ज़्यादा दिन तू इस धरती पर नहीं रहेगा।

ज़रथुष्ट्र ने व्यंग्य से कहा—

> मैं सिर्फ़ धरती पर कहा हूं? मेरे चारों ओर लहराता हुआ समुद्र भी है।

ज्योतिषी ने कहा—

> वहम में मत रहो ज़रथुष्ट्र! यह शरीर बहुत दिन ऊंचाइयों की ख़ाक़ छान चुका। समुद्र की लहरें द्वीप के किनारे उछाल ले रही हैं। वे इस शरीर को भी ले जाएंगी।

इसी बीच एक हिलोर आई और सारी घाटी में एक चीख़ गूंज गई। ज़रथुष्ट्र ने कहा—

> ओ अशुभ बोलनेवाले! इस चीख़ को सुन, यह आदमी की चीख़ है लेकिन अब मैं उस पर ध्यान नहीं देता। मैंने अन्तिम पाप अपने लिए बचा रखा है। तुझे मालूम है वह क्या है?

ज्योतिषी ने कहा—

> तुझ पर दया आ रही है क्योंकि मैं तुझसे वही आख़िरी पाप पूरा कराने आया हूं।
>
> इसे सुना? यह तेरी चीख़ है ज़रथुष्ट्र! अब तू मेरे साथ आ, तेरा वक़्त आ गया है।

ज़रथुष्ट्र ख़ामोश हो गया। वह थोड़ा घबरा गया। थोड़ी-सी हिचक के साथ उसने पूछा—

लेकिन यह मुझे कौन बुला रहा है?

ज्योतिषी ने कहा—

तुझे मालूम है फिर भी तू पूछ रहा है। यह उच्चतर मानव है जो तुझे बुला रहा है। तू यहां अकेलेपन की गुफ़ाओं में अपनी ख़ुशियों का भार ढो रहा है। चल, अब तुझे तेरा महामानव बुला रहा है।

ज़रथुष्ट्र ने चीख़ते हुए कहा—

ओ ज्योतिषी! तू यहां से चला जा। मैं ख़ुद खोजूंगा। जहां से भी महामानव की वह चीख़ आई है, मैं उस जगह को खोलूंगा। अरे, मुझे विश्वास नहीं हो रहा? मैं भी ज्योतिषी हूं।

3. राजाओं के साथ बातचीत

ज़रथुष्ट्र करीब एक घंटा जंगलों और पहाड़ों पर घूमता रहा। तभी उसने देखा उधर से एक जुलूस निकल रहा है। आगे-आगे राजसी पोशाक में ताज पहने हुए दो राजा चल रहे थे। उनके आगे एक बोझ से दबा हुआ गधा चल रहा था। इस विचित्र जुलूस को देखकर ज़रथुष्ट्र जल्दी से एक झाड़ी के पीछे छिप गया। उसने अपने-आप से कहा—

ये राजा मेरे राज्य में क्या करने आए हैं?

जब राजा ज़रथुष्ट्र के क़रीब पहुंचे तो ज़रथुष्ट्र ने कहा—

कितनी हैरत की बात है। दो राजाओं के साथ गधा एक ही है।

दाहिनी ओर के राजा ने मुस्कुराकर कहा—

ऐसी बात सोची हमने भी है, कही कभी नहीं। यह बात किसने कही?

बाईं ओर के राजा ने कहा—

ऐसी बातें सोचना या कहना असभ्यता होती है और हम सभ्य हो चुके हैं। हमें किस बात की चिन्ता?

इसके बाद दोनों राजाओं में सभ्यता के सवाल को लेकर देर तक झगड़ा होता रहा। दोनों एक-दूसरे को ग़लत साबित करते रहे। तब ज़रथुष्ट्र सहसा झाड़ी से बाहर आ गया। उसने आगे बढ़कर कहा—

ज़रथुष्ट्र ही एक ऐसा है, जो तुम्हें हमेशा सही बात बताएगा। तुमने अभी ठीक ही कहा कि राजाओं को किस बात की चिन्ता? मैं भी यही कहा करता था।

यह मेरा इलाक़ा है। तुम मेरे इलाके में आख़िर खोज क्या रहे हो? तुम्हें एक रास्ता शायद पहले से ही मिला हुआ है; लेकिन मैं वह रास्ता खोज रहा हूं, जो उच्चतर मानव तक मुझे पहुंचा दे।

राजाओं ने एक स्वर से छाती ठोंककर कहा—

हमें तो लोग उच्चतर मानव के रूप में पहले ही स्वीकृति दे चुके हैं। और जो हमसे ऊंचा है, उसके लिए यह गधा है। वह इस पर सवार हो जाए।

ज़रथुष्ट्र ने कहा—

तुम्हारी बातों से मुझे बेहद खुशी हुई। इस पर मैं एक कविता अभी तुम्हें सुनाना चाहता हूं—

एक बार

बिना शराब पिए नशे में धुत

साइबिल ने गालियां देनी शुरू कर दीं—

—सब-कुछ तबाह हो रहा है।

दुनिया गर्त में जा रही है।

4. जोंक

ज़रथुष्ट्र ख़यालों में डूबा हुआ कंकरीले-पथरीले रास्ते पर चलता गया। जो भी गहरी बातें सोच रहा हो, वह इसी तरह खोया-सा दिखता है। तब अनजाने ही ज़रथुष्ट्र का पांव एक आदमी के शरीर से टकराया। उसे बेहद गुस्सा आया। गुस्से से उबलकर गालियां बकता हुआ ज़रथुष्ट्र उस आदमी को अपने डंडे से पीटने लगा। मगर जल्दी ही वह शान्त हो गया और अपनी गलती पर हंस पड़ा। उसने कहा—

ओ चोट खाए आदमी! मुझे माफ़ करो और एक दृष्टान्त सुनो। खयालों में खोया कोई आदमी चला जा रहो हो और उसका पैर धूप में लेटे कुत्ते पर पड़ जाए।

इस पर दोनों घबरा जाएंगे और एक-दूसरे के ऊपर दुश्मन की तरह झपटेंगे।

लेकिन देखो, सही बात तो यह है कि उन दोनों को एक-दूसरे को देखने के बाद गले मिलना चाहिए।

मैंने तुम्हारे साथ बुरा व्यवहार किया। इस ज़िन्दगी में तुम कैसा दुर्भाग्य लेकर आए हो! पहले तुम्हें एक जानवर ने काट लिया और फिर मैंने तुम्हें अपने डंडे से घायल कर दिया।

जब उस आदमी को मालूम हुआ कि जो उससे टकराया था वह ज़रथुष्ट्र है। तो वह बिलकुल बदल गया। उसने कहा—

अब यह मुझे क्या हो गया? देखो एक यह आदमी है जो मेरे दिल में ख़ून सींचता है और एक प्राणी वह जोंक थी, जो अब तक मेरा खून चूस रही थी और मैं कमज़ोर होकर यहां गिरा पड़ा था!

ज़रथुष्ट्र ने उसे उठाया और कहा—

आओ, अब हम एक-दूसरे को अच्छी तरह समझ लें।

उस आदमी ने कहा—

> मैं आध्यात्मिक नैतिकता का पुजारी हूं और इस दलदल में पड़ा था जहां जोंक मेरा खून चूस रही थी।

ज़रथुष्ट्र ने कहा—

> यह जोंक ही तुम्हारा परमार्थ रही है न।

उस आदमी ने कहा—

> तुमसे आज मैंने कितना कुछ सीख लिया। अब मैं सिर्फ़ इसी बात का इन्तज़ार करूंगा कि मुझसे फिर कोई टकराए।

5. जादूगर

ज़रथुष्ट्र एक चट्टान के पीछे गया तो उसने देखा, एक आदमी पागल की तरह दोनों हाथ हवा में फटकारकर पेट के बल गिर पड़ा। ज़रथुष्ट्र ने अपने-आप से कहा—

> ठहरो, शायद यही है वह उच्चतर मानव जिसकी ज़बरदस्त चीख़ उस दिन मुझे सुनाई दी थी। शायद वह मुसीबत में है। आओ, मैं उसकी मदद करने की कोशिश करूं।

ज़रथुष्ट्र ने उसे उठाने की कोशिश की तो देखा वह बूढ़ा आदमी था, जो फटी आंखों शून्य की तरफ़ देख रहा था। उसे शायद इस बात का अहसास भी नहीं था कि कोई उसके निकट बैठा है। ज़रथुष्ट्र ने उसे उठाकर खड़ा करने की जितनी भी कोशिशें कीं, सभी बेकार रहीं। उसका शरीर ऐंठता और कांपता रहा और आख़िर वह मरोड़-सी लेकर बड़बड़ाने और रोने जैसा लगा—

ओ बादलों के तट पर खड़े शिकारी
तुमने थर्राते हुए सर्द

बर्फ़ के बाण मेरे तलुओं में
चुभो दिए हैं। मैं सर्द हो उठा हूं
मुझे कौन गरमी देगा?
तुम्हारी उंगलियां गर्म हैं?
नहीं तो कोयले की अंगीठी सुलगा दो।
ओ अपरिचित ईश्वर!
तुम्हारी विद्युत से जलकर
मैं अब यहां यातना सहता पड़ा हूं।
और गहरा घाव करो
बहुत गहरा।
तुम्हारा तीर मुड़ा हुआ है।
ओ धूर्त! तुम आदमी की हत्या नहीं करते
उसे यातना देते हो।
ओ परिचित ईश्वर!
तुमने मुझे इस यातना के लिए क्यों चुना?
जाओ, अब चले जाओ।
इस सीढ़ी से
अब तुम मेरे अन्तर के रहस्य तक
कभी नहीं उतर पाओगे।
ओ यातना देनेवाले,
ओ फांसी देनेवाले हत्यारे ईश्वर!
चले जाओ!
अब तुम्हारा यह त्रिशूल
मेरे अन्दर
और गहरे नहीं धंसेगा
और ज़्यादा यातना नहीं दे पाएगा
ओ अपरिचित ईश्वर!
ओ राह के लुटेरे!
ओ छुपे धूर्त शिकारी!

तुम मुझे शिकार की तरह
कन्धे पर लटकाकर ले जाओगे
नहीं तो बदल में कुछ मांगोगे
क्या?
सोना?
मांगो, इतना सोना मांगो कि मैं
अपनी असमर्थता में टूट जाऊं!
ओहो!
तो तुम मुझे चाहते हो
मुझे?
—समूचा मैं?
अरे, यह किसकी गर्म उंगलियों ने मुझे छुआ?
किसने मुझे
इस सर्द यातना से बाहर खींचा?
लो, वह हत्यारा ईश्वर
मेरा सबसे बड़ा शत्रु
मेरा अपरिचित शिकारी
अब भाग रहा है।
नहीं
भागो मत।
मेरे लिए यन्त्रणा के यन्त्र लेकर
लौट आओ।

ज़रथुष्ट्र अब अपने-आप को रोक नहीं पाया। उसने अपना डंडा उठाया और अपनी पूरी ताक़त से इस रोनेवाले आदमी को मारा। उसने चीख़कर उस आदमी से कहा—

ख़ामोश हो जा! ओ ढोंगी आदमी! झूठे और मक्कार! अब तू ख़ामोश हो जा।

वह आदमी उठकर खड़ा हो गया और बोला—

ओ ज़रथुष्ट्र! ठहर जा। मुझे मत मार। मैं यह सब सिर्फ़ अपने-आप का मज़ा लेने के लिए कर रहा था।

ज़रथुष्ट्र! मुझे यह भी पता चल गया कि तेरा सत्य क्या है और तू उससे कितना ज़बरदस्त प्रहार करता है।

ज़रथुष्ट्र ने कहा—

ओ मक्कार! तेरी चापलूसी मुझे खुश नहीं कर सकती। मैं तुझे ख़ूब जानता हूं। कवि और जादूगर दोनों मक्कार होते है। कवि बुरी चेतना लेकर आता है और जादूगर बुरा विज्ञान। अब तुम लोग धोखा नहीं दे सकते।

इस पर वह आदमी बिलकुल बदल गया। हंसकर बोला—

ओ ज़रथुष्ट्र! मैं तेरी परीक्षा ले रहा था। मैंने परीक्षा ले ली। तू सही आदमी है। तू ही वह अद्वितीय, सम्पूर्ण नीतिवान, ज्ञान का अधिष्ठाता और महान है, जिसकी मुझे तलाश थी।

6. सबसे बदसूरत आदमी

ज़रथुष्ट्र बड़ी तेज़ी से दौड़ रहा था—जंगलों और पहाड़ों से गुज़रता हुआ। वह बहुत खुश था। थोड़ी देर के बाद रास्ता एक ओर मुड़ा, क्योंकि वहां एक बहुत बड़ी शिला थी। अब दृश्य बिलकुल बदल गया और ज़रथुष्ट्र मृत्यु के इलाके में खड़ा था। यहां चारों ओर वीरानी थी। एक पक्षी तक वहां नहीं था। काली और लाल, ऊंची-ऊंची शिलाएं खड़ी थीं। यहां कोई प्राणी नहीं आता था। बस, सिर्फ़ एक भारी, हरा और बदसूरत सांप कभी-कभी मरने के लिए आ जाता था। इसीलिए चरवाहे इस घाटी को 'सांप की मौत' कहा करते थे।

ज़रथुष्ट्र काली स्मृतियों में खो गया, क्योंकि उसे लगा कि वह यहां दूसरी बार आया है। उसने आंखें मूंद ली थीं। दुबारा जब उसने आंखें खोली तो रास्ते के किनारे एक अजीब प्राणी बैठा पाया, जो वैसे तो आदमी जैसा लग रहा था; लेकिन आदमी नहीं था। वह न पहचाना जा सकनेवाला कोई प्राणी था। वह ऐसी

चीज़ देखना नहीं चाहता था, इसलिए वहां से चलने लगा। तभी वहां की वह वीरानी अचानक बोलने लगी। आवाज़ ने कहा—

ओ ज़रथुष्ट्र! तुम रहस्यों को भेद सकते हो। मेरे सवाल का जवाब दो। मेरे सवाल का जवाब दो। मेरा सवाल है—मैं कौन हूं?

ज़रथुष्ट्र ने ऊंची आवाज़ में कहा—

मैं तुझे जानता हूं। तूने ईश्वर की हत्या की है। तू सबसे बदसूरत है और तुझे यह बरदाश्त नहीं होता कि कोई तेरी तरफ़ लगातार देखे।

उस आवाज़ ने कहा—

ओ ज़रथुष्ट्र! तुम यहां से मत जाओ। मेरी बदसूरती उनके लिए, दया की पात्र है। अब तुम्हीं हो, जो मुझे आश्रय दे सकते हो।

और अगर जाना ही चाहते तो, तो उस रास्ते से मत जाओ, जिस रास्ते से मैं आया हूं। वह रास्ता ख़राब है।

ओ ज़रथुष्ट्र! मैं जिस रास्ते से आया हूं, वहां दयालु लोगों की भीड़ थी। वे मुझे भीख और पैसा देना चाहते थे। उसका मैं क्या करता? मेरा धन मेरे पास है; लेकिन वह है मेरी भयानक बदसूरती। ओ ज़रथुष्ट्र! इसे सिर्फ़ तुमने ही सम्मान दिया है, सिर्फ़ तुमने।

ज़रथुष्ट्र, सुनो। मैंने पाया कि वहां प्यार नहीं होता, जहां दया होती है और जहां दया होती है वहां सृजन भी नहीं होता।

ओ ज़रथुष्ट्र! तुम सच को ठीक-ठीक पहचानते हो। मैं तुम्हें दयाभाव से होशियार करना चाहता हूं।

और मैं तुम्हें अपने से भी आगाह करना चाहता हूं। उस ईश्वर ने वहां दया फैला दी थी। इसीलिए मैंने ईश्वर की हत्या कर दी।

और ज़रथुष्ट्र ने सोचा—

यही है वह उच्चतर आदमी जिसकी चीख़ मैंने सुनी थी।

7. छाया

बदसूरत आदमी के पास से लौटकर ज़रथुष्ट्र अकेला और डरा हुआ महसूस करने लगा। अपने अकेलेपन से छुटकारा पाने के लिए वह किसी की तलाश कर रहा था, तभी उसे एक भिखारी मिला। वह ज़रथुष्ट्र की प्रशंसा करना चाहता था; लेकिन ज़रथुष्ट्र उसके चक्कर में नहीं पड़ा। उसने उसे भगा दिया। अभी वह भिखारी वहां से टला ही था कि ज़रथुष्ट्र को अपने पीछे एक नई आवाज़ सुन पड़ी—

ठहर जाओ ज़रथुष्ट्र! यह मैं हूं, तुम्हारी छाया!

ज़रथुष्ट्र ने कहा—

अब बहुत हो चुका। अब मुझे नया पर्वत खोजना चाहिए। अब तो मेरी छाया ही मुझे आवाज़ देने लगी।

फिर ज़रथुष्ट्र ने सोचा—

आख़िर मैं अपनी ही छाया से क्यों भागूं? उससे क्यों डरूं?

ज़रथुष्ट्र के रुक जाने पर छाया ने कहा—

ज़रथुष्ट्र! मैं तुम्हारी समझ को पसन्द करती हूं। और देखो, तुम्हारे साथ मैंने भी जाने कहां-कहां की यात्राएं की हैं, कितने पर्वत और जंगल लांघे हैं।

मैं हर कहीं, हर स्थिति में तुम्हारे साथ ही रही हूं। अब ज़रा बताओ तो, मेरा घर कौन-सा है?

ज़रथुष्ट्र ने अपनी छाया की बात सुनी। गम्भीर होकर आख़िर उसने कहा—

तो तुम मेरी छाया हो। तुम्हारा भय छोटा नहीं है। तुम्हें बहुत संकट झेलने पड़े।

अगर तुम थक गई हो और आराम और सुरक्षा चाहती हो, तो यह रहा रास्ता। इधर से तुम मेरी गुफ़ा तक पहुंच जाओगी।

तुम जाओ। तुम्हारे जाने पर मेरे आसपास चारों ओर यहां रोशनी हो जाएगी।

8. दोपहर का ज्वार

और ज़रथुष्ट जाने कहां-कहां भागता रहा। आख़िर उसे अपने अकेलेपन में आनन्द आने लगा। वह घंटों अच्छी-अच्छी बातें सोचा करता। दोपहर के ज्वार के समय, जब सूरज ठीक ज़रथुष्ट्र के ऊपर चमक रहा था, वह एक मरोड़े खाकर उगे हुए टेढ़े-मेढ़े दरख़्त के पास से गुज़रा। उसके चारों ओर अंगूर की एक लता लिपटी हुई थी जो अंगूरों से लदी हुई थी। उसका मन हुआ कि वह अंगूर का एक गुच्छा तोड़े और खा ले; लेकिन उसकी यह भी इच्छा हुई कि वह उसके क़रीब लेटकर सो जाए। आख़िर वह वहीं सो गया। सोते हुए उसने अपनी आत्मा से कहा—

खामोश रहो। देखो, दुनिया क्या सचमुच पूर्ण नहीं हो गई है? जैसे नन्हीं पत्तियों पर हवा नाचती है, उसी तरह मेरी पलकों पर नींद हलके-हलके नाच रही है।

नींद मेरे इतने क़रीब आ गई है कि अब मेरी आत्मा जाग उठी है।

जैसे समुद्र की लम्बी यात्रा के बाद जहाज़ किसी द्वीप पर आकर ठहर जाता है, नींद भी ठहर गई है। ज़मीन कितनी अच्छी लगती है!

जहाज़ आकर किनारे से चिपक जाता है, उसके बाद उसे वहां रोकने के लिए मोटी रस्सियों की ज़रूरत नहीं होती। सिर्फ़ एक मकड़ी जहाज़ के तट तक एक झीना जाला बुन देती है और वही उसे रोके रखने को काफ़ी होता है।

मैं भी अपने तट पर बहुत महीन सूत से जुड़ा हुआ लेट गया हूं।

ख़ामोश रहना। दोपहर की धूप ख़ेतों में नींद लेने लगी है। उसके आधे

खुले हुए होंठों पर आनन्द की एक बूंद ठहर गई है।

ज़रा ठहरो! यह मेरे साथ क्या हुआ? क्या वक़्त उड़ गया? क्या मैं नीचे अनन्त के एक कुएं में गिर गया हूं?

और इसके बाद ज़रथुष्ट्र पैर फैलाकर वहीं सो गया। उसे महसूस हुआ कि वह सो गया। तभी उसकी आत्मा ने कहा—

ओ छोटे मनवाले चोर, जाग! उठ जा!

6. शुभ कामनाएं

शाम गहरा आई थी, जब ज़रथुष्ट्र जाने कहां-कहां भटकने के बाद अपनी गुफ़ा में लौटा। अभी वह वहां खड़ा ही हुआ था कि उसने दस क़दम दूर ऐसी घटना हुई, जिसने उसे चौंका दिया—उसने फिर वही यातना-भरी चीख़ सुनी। आश्चर्य तो यह था कि इस बार वह चीख़ ख़ुद उसकी गुफ़ा के अन्दर से आई थी।

घबराकर वह अपनी गुफ़ा के अन्दर गया, तो उसने आश्चर्यजनक दृश्य देखा। वहां वे सभी थे, जो उसे सारे दिन की यात्राओं में मिले थे। बाईं और दाईं ओरवाले राजा, जादूगर, भिखारी, छाया, ज्योतिषी, पादरी, गधा, बदसूरत आदमी और इन सबसे घबराया हुआ गिद्ध, जिसके गले में सांप लटक रहा था। गिद्ध उन सबके सवालों के जवाब देते-देते आतंकित हो चुका था। ज़रथुष्ट्र ने यह दृश्य आश्चर्य से देखा। उस हर एक की आत्मा में झांककर देखा। वे सब आदर से उठकर खड़े हो गए। तब ज़रथुष्ट्र ने कहा—

ओह, तो यह तुम थे, जो हर बार इस तरह यन्त्रणा से चीख़ते रहे थे? आश्चर्य है—मैंने बिना कोई लालच दिए, तुम्हें यहां तक बुला लिया। देखा, यहीं मेरी इस गुफ़ा में है, वृहत्तर मानव—आदमी से बड़ा आदमी। तुम सबकी मैं इज़्ज़त करता हूं और यहां तुम्हारा स्वागत करता हूं, क्योंकि तुममें साहस आ गया है। अब मेरी दुनिया ही तुम्हारी दुनिया है।

देखो, तुमने मेरी छोटी उंगली पकड़ ली है। अब हाथ भी थाम लो।

ज़रथुष्ट्र यह कहकर शरारत से हंसा। तब उसके अतिथियों ने उससे कहा—

इस धरती पर दृढ़ इच्छाशक्ति से ज़्यादा मज़बूत और ऊंची चीज़ कोई नहीं। यह सबसे ऊंचा दरख़्त होती है।

अब लोग तुम्हारे रास्ते की तरफ़ आ रहे हैं। तुम मानवों के बीच ईश्वरत्व के अन्तिम आश्वासन हो।

वे सब आ रहे हैं, जो दुबारा जीने की आशा पाना चाहते हैं।

10. बृहत्तर मानव

आम तपस्वियोंवाली ग़लती ज़रथुष्ट्र ने भी की कि पहली बार जब वह बाज़ार में आ खड़ा हुआ तो वहां उसे लगा कि वह सबसे बात कर रहा था, फिर भी कोई नहीं सुन रहा था। ज़रथुष्ट्र ने कहा—

1

शाम को सिर्फ़ नट ही साथी बचा था या फिर लाशें और ख़ुद मैं भी एक लाश हो चुका था।

यह बाज़ार, बाज़ार की यह भीड़, भीड़ के ये तमाम लोग—ये मेरे किस काम के?

ओ बृहत्तर मानव! मुझसे यह सीख लो कि इस बाज़ार में बृहत्तरता के मैदान में किसी को आस्था नहीं।

ओ, बृहत्तर मानव! भीड़ से बचो!

2

जानते हो ईश्वर कैसे मरा? ओ बृहत्तर मानव! दरअसल वही सबसे बड़ा ख़तरा था तुम्हारे लिए।

आज ईश्वर कुब्र में दफ़न है और तुम ज़िन्दा हो गए हो। अब बृहत्तर मानव ही स्वामी होगा।

धीरज रखो! आदमी के भविष्य के पर्वत ने यात्रा शुरू कर दी है। ईश्वर मर गया था अब महामानव जी रहा है।

3

होशियार लोग पूछते हैं—आदमी को आदमी कैसे बनाए रखें? ज़रथुष्ट्र पूछता है—आदमी अपने से आगे कैसे निकलता है?

मेरे लिए मानव नहीं, महामानव ही सब-कुछ है। आदमी में मुझे इसीलिए आस्था है कि उसके पीछे बहुत कुछ, अपने को छोड़कर आगे निकल जाने के लिए होता है।

ओ उच्चतर मानव! आगे निकलो। छोटी-छोटी मर्यादाएं, ओछी नीतियों की ढेरियां पार करके, आगे निकलो।

4

अब मेरे लिए यही काफी नहीं कि बादलों से गिरनेवाली बिजली कोई नुक़सान नहीं पहुंचाती। मेरा बोध बादलों की तरह गहरा हो रहा है। जिस बोध में बिजली गिराने की क्षमता होती है वह इसी तरह गहराता है।

इन लोगों के लिए रोशनी नहीं बनूंगा। उन्हें रोशनी नहीं दूंगा। मैं उन पर बिजली बनकर गिरूंगा, ताकि वे अन्धे हो जाएं।

5

अपनी शक्ति से अधिक आगे इच्छाशक्ति मत ले जाओ। जो लोग इच्छाशक्ति को सामर्थ्य से ज़्यादा खींचते हैं वे गन्दा झूठ बटोरते हैं।

6

अगर तुम्हें ऊपर जाना है, तो अपनी टांगों का इस्तेमाल करो। ऐसा मत चाहो कि कोई दूसरा तुम्हें ऊपर ले जाए। लोगों के कन्धे पर मत बैठो।

जब तुम अपने लक्ष्य तक पहुंचोगे और वहां अपने घोड़े से नीचे आओगे, ओ बृहत्तर मानव, तुम पाओगे कि तुम दरअसल नीचे लुढ़के हुए हो!

7

ओ रचनाकार! ओ बृहत्तर मानव, तुम्हारे गर्भ में तुम्हारा अपना ही बच्चा हैं।

जो सीखा है उसे भूल जाओ। वह सब भूल जाओ जो तुम्हें हर चीज़ का कारण या हर चीज़ की मर्यादा समझाता है।

8

अपनी सामर्थ्य से ज़्यादा भले न बनो। जो सम्भव है उसके अलावा कुछ चाहो भी नहीं।

अपने पूर्वजों के चरणचिह्नों पर चलोगे? तो यह बताओ, उनसे ऊपर किस तरह उठोगे?

11. उदासी का गीत

ज़रथुष्ट ने अपनी गुफ़ा के द्वार पर खड़े होकर ये नीति वाक्य कहे। अन्तिम शब्दों के साथ वह उधर से थोड़ा-सा हटकर आगे खुली हवा में आ गया। उसने चीख़कर कहा—

1

ओ हवा की गन्ध! ओ चारों ओर की ख़ामोशी! मेरे वे प्राणी—मेरा गिद्ध और मेरा सांप कहां हैं? आओ, तुम मेरे क़रीब आ जाओ।

एक बात बताओ! ये जो लोग आकर बैठे हैं, क्या इनमें सूंघ सकने की शक्ति नहीं है? चारों ओर की यह कुंआरी गन्ध वे सूंघ नहीं सकते?

2

ज़रथुष्ट्र के वहां से हटते ही जादूगर धूर्ततापूर्वक मुस्कुराया और बाक़ी लोगों से बोला—

वह चला गया। अब सिर्फ़ हम लोग बचे हैं। क्या हम लोग उस जैसी बातें नहीं कर सकते?

ईश्वर मर गया। नया ईश्वर अभी जनमा नहीं। मैं चाहता हूं, तब तक तुम मेरे जादू के प्रेत से समझौता कर लो।

वैसे ज़रथुष्ट्र मुझे भी अच्छा लगता है। साधुओं का मुखौटा बड़ा अच्छा लगाए रहता है।

3

शाम की पारदर्शी हवा में
कब ओस की बूंदें

धरती पर आती हैं
आहिस्ता से, बिना चाप
हर मीठे आश्वासन की तरह
निःशब्द !
दरख़्तों के बीच
एक रहस्य झांकता फिर रहा है।
ओ ! तू क्या सिर्फ़ कवि है?
और तू झूठ बोलता है?
हां, वह सिर्फ़ कवि है,
एक मूर्ख
मूर्खता के मुखौटे से
एक दिशाहीन चीख़ निकल रही है।
वह झूठ पर बहलाना चाहता था
और वह
ईश्वर की तरह
पत्थर की मूर्ति बनकर
मन्दिर के सामने ठहर गया
—जैसे वह ख़ुद
ईश्वर का प्रहरी हो !
नहीं।
ईश्वर के जड़ प्रहरी को फोड़कर
बाहर आओ
और इस जंगल में थोड़ा-सा भटको
अपने होंठों से—
हिंसा, विनाश, उपहार और घृणा की
राल टपकने दो
या फिर गिद्ध की तरह उड़ो—
नीचे, बहुत नीचे
दृष्टि गड़ाए

अनन्त दूरियां लांघो।
तुम्हारी कामनाओं पर
कितने आवरण हैं।
ओ मूर्ख कवि!
तुम भी दुनिया को
ईश्वर की तरह
भेड़ों का हुजूम समझते हो!
शाम की झीनी हवा में
पतला-सा चांद दरख़्तों के पीछे
धीरे से उतर गया है।
इसी तरह एक दिन
मैं भी डूबा था
अपने सत्य की विक्षिप्तता में
अपनी समूची कामना के साथ
थके हुए दिन के सूरज की तरह
नीचे
छायाओं में
मैं भी एक दिन डूबा था!

12. विज्ञान

जादूगर की बातों में सभी आ गए थे। बस सिर्फ़ वही अप्रभावित था, जो प्रबुद्ध था। उसने झपटकर जादूगर की छड़ी छीन ली और चीख़कर कहा—

हवा आने दो। साफ़ हवा अन्दर आने दो। ज़रथुष्ट्र को बुलाओ। तुमने इस गुफ़ा को असह्य सीलन और ज़हर से भर दिया है जादूगर, तुम्हीं बुराई हो! तुम अपने भ्रमजाल द्वारा मुझे अपने-आप से अलग करना चाहते हो।

तुम्हारी धूर्त्तता मैं समझ गया हूं। मगर तुम बाक़ी लोग—तुम्हारा क्या ख़याल है?

हम यहां ज़रथुष्ट्र की गुफ़ा में इसलिए आए थे कि इच्छाशक्ति की एक मीनार उसमें देख सकें।

लेकिन इसने सब-कुछ बिगाड़ दिया। अब और भयानक यातना सहोगे और ज़्यादा बुरे दिन देखोगे।

तुम उससे नफ़रत करते हो जो तुम्हें ख़तरे से बाहर निकालना चाहता है। और उसके पीछे चल पड़े हो, जो तुम्हें ग़लत जगह ले जाएगा।

भय मनुष्य की मूल और आधारभूत अनुभूति है। हर चीज़ की व्याख्या भय के सन्दर्भों से ही होती है। भय से ही मेरा वह सद्गुण पैदा हुआ, जिसे मैं विज्ञान कहता हूं।

ज़रथुष्ट्र ने कहा है कि जंगली जानवरों का भय सबसे पुराना है। आदमी ने जाने कितने युगों से यह भय अपने अन्तर में पाल रखा है। यही आन्तरिक पशु है।

यही लम्बे अरसे का भय आख़िर में सहज होकर बौद्धिकता बन जाता है और मैं उसे विज्ञान कहता हूं।

13. जागृति

ज़रथुष्ट्र गुफ़ा की ओर से दृष्टि फेरकर अपने प्रिय प्राणियों से बोला—

देखो, गुफ़ा में बैठे लोग अब हंस रहे हैं। उनकी यातना समाप्त हो गई। मेरे साथ वे भी यातना की चीख़ें भूल गए।

अगर उन्होंने मेरी हंसी ले ली है, तो समझो कुछ नहीं लिया।

लेकिन फिर भी कोई फ़र्क़ नहीं पड़ता। वे पुराने लोग हैं। अपने ढंग से ही यातना से मुक्ति पाएंगे।

यह जीत का दिन है, जो चेतना नीचे खींचती है और जो मेरी सबसे बड़ी शत्रु है, वही पराजित होकर भाग रही है। यह दिन कितना अच्छा समाप्त हुआ?

आज दुनिया गहरी हो गई है और आसमान ज़्यादा चमकीला हो उठा है। यह जीना सार्थक है।

ज़रथुष्ट्र यह कहकर अभी ख़ामोश ही हुआ था कि गुफ़ा की ओर से चीख़ों से मिली-जुली हंसी सुनाई दी। ज़रथुष्ट्र ने कहा—

अब मुझे सही आवाज़ सुनाई दी है। उनको नीचे खींचनेवाली शक्ति उन्हें छोड़कर चली गई।

तभी सहसा गुफ़ा में सन्नाटा छा गया। ज़रथुष्ट्र ने कहा—

लो, अब वे फिर एक बार पवित्र प्रार्थनाएं करने लगे हैं। उन्हें शान्ति मिले, क्योंकि इस बार उनके बीच गधे ने उन्हें धोखा दे दिया।

लम्बे कान कितनी बड़ी समझ की निशानी है और यह आदत कि हमेशा 'हां' कहो, कभी 'ना' मत कहो! क्या इसी ने दुनिया को ठीक अपने जैसा नहीं बना दिया? अपने जैसा मूर्ख!

14. गधों का उत्सव

ज़रथुष्ट्र इस बार ख़ुद भी अपने को नहीं रोक पाया और शायद गधे से भी ज़्यादा ऊंची आवाज़ में चीख़ा।

हां।

ज़रथुष्ट्र ने तब कहा—

काश कि तुम्हें हर किसी ने इस रूप में देखा होता। बस, सिर्फ़ ज़रथुष्ट्र ने न देखा होता!

तभी जादूगर ने कहा—

ओ ज़रथुष्ट्र! ईश्वर अविनाशी है। हमेशा रहेगा। हर पवित्र इनसान ने यही माना है।

तू ख़ुद गधा है और अपने ज्ञान के बोझ को ढो रहा है। एक दिन तू थकेगा, तब सोचेगा।

बदसूरत आदमी ने कहा—

ओ ज़रथुष्ट्र! तू दुष्ट है। हां, एक चीज़ मैंने तुझसे सीखी है। सफल हत्यारे के लिए हंसना सीखना ज़रूरी है।

2

ज़रथुष्ट्र सहसा गुफ़ा की ओर आया और बोला—

ओ ठगो! ओ मसखरो! तुम यहां किसलिए आए हो? तुमने किसलिए मुखौटे पहन रखे हैं?

सब-कुछ जानने के बाद तुम लोग बच्चों की तरह अनजान बन गए और प्रार्थना करने लगे।

अब तुम सब यहां से चले जाओ। मेरी इस एकान्त गुफ़ा को ख़ाली कर दो।

मुझे तुम्हारा स्वर्ग नहीं चाहिए। मैं मनुष्य हो गया हूं और धरती पर ही जिऊंगा।

3

ज़रथुष्ट्र ने फिर कहा—

तुम लोगों को देखकर मुझे हंसी आ रही है। तुम लोगों का यह गर्दभोत्सव तुम्हें याद रहे, यही चाहता हूं!

लो, मेरा दिन आ पहुंचा। मेरी सुबह शुरू हो गई।

ज़रथुष्ट्र ने कहा और पहले से ज़्यादा चमक और दृढ़ता लेकर पहाड़ों के पीछे से उभरे सूरज की तरह गुफ़ा छोड़कर चल पड़ा।

धर्म और नैतिकता

1

बड़े शिकारी के लिए, इतिहास के शुरू से लेकर अब तक, आदमी ने जो भी सोचा और अनुभव किया उसकी सारी मनोवैज्ञानिक खोज सबसे बड़ी शिकार-यात्रा है। लेकिन अक़सर उसे घबराकर स्वीकार करना होगा कि वह अकेला है और इतिहास का यह जंगल बहुत बड़ा। इसीलिए ज़रूरी होगा कि वह अपने साथ सैकड़ों ऐसे सहायक ले, जो हांका लगाएं और पचीसों शिकारी कुत्ते साथ रखें।

फिर भी वह सफल नहीं हो सकता। उसकी निजी उत्सुकता को सही-सही समझकर साथ देनेवाले कहां मिलेंगे! इस महाशिकार की एक और ख़राबी है। जैसे ही बुद्धिजीवी इस खोज के अन्त तक पहुंचता है और उसका सबसे बड़ा शिकार उसके सामने आता है, उसी वक़्त उसकी दृष्टि धुंधली हो जाती है। धर्मनिष्ठ मनुष्य के जीवन में ज्ञान और विवेक की समस्याएं जिस इतिहास को गढ़ती हैं, उसे समझने में आदमी पास्कल की तरह घायल हो जाता है। इसके बाद वह सोचता है कि कोई दिव्य शक्ति उसे आगे ले जाएगी। इसके अलावा उसके पास रास्ता भी क्या होगा?

लेकिन मेरे लिए वह कौन-सी शक्ति आगे आएगी? और सही साथी भी मिलेंगे कहां? ज़ाहिर है कि मुझे अपने भरोसे ही रहना होगा। खुद अपनी मदद करनी होगी। माफ़ कीजिए, इस तरह की जिज्ञासा और ऐसी शक्ति की कामना ही बुराई मानी जाती है।

2

प्रारम्भिक और प्राचीन ईसाई दृष्टि जिस आस्था की अपेक्षा करती थी उसे

स्वाधीन चिन्तनवाले सन्देहशील दार्शनिकों के बीच कम ही जगह मिली है। सदियों तक इस आस्था और दार्शनिक जिज्ञासाओं के बीच खींचतान चलती रही है। यह आस्था ही है, जिसने लूथर या क्रामवेल जैसे लोगों को ईश्वर से भी जोड़े रखा और एक दाससुलभ विश्वास से भी।

प्रारम्भ से ही धर्मदृष्टि बलि की प्रक्रिया रही है। उसने विचारों की बलि ली है, स्वाधीनता की बलि ली है, आत्मा के आत्मविश्वास और विवेक की बलि ली है।

3

जब कभी धरती पर धार्मिक विक्षिप्तता ने क़दम रखे, तीन भयानक तत्त्व ज़रूर सामने आए—ऐकान्तिकता या वैराग्य, उपवास और औरत-आदमी के बीच शारीरिक रिश्ते का नकार। वैसे इन तत्त्वों और धार्मिक विक्षिप्तता में से कौन किसका कारण है, यह बताना ज़रा मुश्किल है। वैसे दोनों में से कौन निश्चित रूप से दूसरे का परिणाम है, यह कैसे कहा जाए। इस सन्देह की पुष्टि अत्यन्त आदिम या अत्यन्त विकसित समाजों में यौन-सम्बन्धों पर अतिरिक्त ज़ोर द्वारा भी होती है।

इस स्थिति को मैं यों कह सकता हूं कि धार्मिक विक्षिप्तता के साथ जुड़े ये तीनों तत्त्व मिर्गी का छुपा हुआ दौरा हैं। प्रश्नों से इतना परहेज़ और कहीं नहीं होता, जितना धार्मिक क्षेत्र में। इसके बावजूद आम लोगों को ही नहीं दार्शनिकों को भी इसने आकर्षित किया है और इन सबने मिलकर बेहूदगी और अन्धविश्वास के कूड़े के ऊंचे-ऊंचे ढेर लगा दिए हैं।

शायद अब हमें थोड़ा-सा अलग ढंग से सोचना होगा। इस रास्ते से थोड़ा हटकर चलने की कोशिश करनी होगी। शोपेन हावर जैसे आधुनिक दार्शनिक के चिन्तन में इस आस्था के प्रति एक सवालिया निशान हमें स्पष्ट दिखाई देने लगा हैं।

इच्छाशक्ति से इनकार कैसे किया जा सकता है? सन्त कैसे बनता है? शोपेन हावर ने इसी सवाल से शुरुआत की थी और वह दार्शनिक हो गया। मैं जिसे

धार्मिक विक्षिप्तता कहता हूं आप उसे धार्मिक प्रवृत्ति कह सकते हैं। इस प्रवृत्ति ने बाक़ायदा जैसे मुक्तिवाहिनी तैयार करके एक धार्मिक महामारी फैला दी है। अगर यह पूछा जाए कि इस महामारी ने बूढ़े, जवान, हर आदमी पर क्यों इतना प्रभाव डाला, तो मैं इतना ही कह सकता हूं कि इसने इस अन्धविश्वास को बड़ी सफलता से फैला लिया है कि इसके द्वारा बुरा आदमी भी सन्त बन सकता है। अब तक का मनोविज्ञान सिर्फ़ इसी एक चमत्कार के नाम पर अटककर रह जाता रहा है।

4

यूनानी समाज में धार्मिक जीवन की स्थिति आश्चर्यजनक रूप से उन लोगों में सीमित थी, जो उच्चतर मानव माने जाते थे। बाद में जब जन-समुदाय का उस व्यवस्था में प्रभुत्व बढ़ा, धर्म ने भी भय का सहारा लेना शुरू कर दिया।

5

ईश्वर के प्रति निष्ठा उन लोगों का स्वभाव रहा है, जो निहायत बोदे, सीधे-सादे और दयालु तबीयत के रहे हैं, जैसे मार्टिन लूथर। उनमें चुनौती देनेवाली जिज्ञासा नहीं होती। वे पौर्वात्य अध्यात्म के ऐसे नमूने होते हैं, जिन्हें पदोन्नति पाया हुआ गुलाम ही मान सकते हैं। उनमें एक स्त्रैण नम्रता और अनुराग की प्रवृत्ति होती है। बहुत-से लोगों में ईश्वर के प्रति निष्ठा उसी तरह छिपे-छिपे आती है, जैसे किसी लड़की के जीवन में कैशोर्य आता हो। कुछ लोगों में बूढ़ी औरतों की बदमिज़ाजी की तरह यह निष्ठा पैदा हो जाती है।

6

बहुत शक्ति-सम्पन्न लोग भी सन्तों के आगे झुकते पाए गए हैं। आख़िर वे सन्तों के आगे क्यों सिर झुकाते हैं? दरअसल सन्त की दुबली-पतली और बेहूदा काया के पीछे वे ऐसी ताक़त देखते हैं, जो उनकी परीक्षा लिया करती

है। वैसे वे सन्त का आदर इस नज़र से करते हैं कि कहीं अपने प्रभुत्व को स्वीकृति देना और दिलाना उनकी नीयत में छिपा रहता है।

इसी का एक दूसरा पहलू यह भी है कि सन्त के पीछे वे एक ऐसी शक्ति की कल्पना कर लेते हैं, जो उन्हें अपराजेय लगती है और इस तरह वे अपनी इच्छाशक्ति को तोलते हैं।

7

आज नास्तिकता क्यों? ईश्वर का पिता होना अच्छी तरह अस्वीकृत कर दिया गया है। ईश्वर न्याय और फल देता है, इस वहम को तोड़ दिया गया है। कहते थे कि वह सुनता है। वह नहीं सुनता और अगर सुनता भी है, तो वह अब इस लायक नहीं रहा कि किसी की मदद कर सके। सबसे बड़ी बात तो यह कि ईश्वर अब हम तक अपनी बात साफ़-साफ़ पहुंचा भी नहीं सकता। मुझे यूरोप में ईश्वरवाद की मृत्यु का बड़ा कारण यही लगता है। मेरा ख़याल है कि जितनी तेज़ी से धार्मिक प्रवृत्ति बढ़ी है, उतनी ही तेज़ी से उसने ईश्वरवादी आस्था में सन्देह की दरारें डाली हैं।

8

आधुनिक दर्शन का उद्देश्य क्या है? डेकोर्ट के बाद, अकसर उसका खंडन करते हुए, जो दार्शनिक सामने आए उन्होंने आत्मा-सम्बन्धी पुरानी धारणा के विपरीत अस्तित्व और अस्तित्व के बोध के विचारों का मूल्यांकन किया; लेकिन उन्होंने धर्म के आधारभूत पूर्वग्रहों की सीमाएं ज़रूर छोड़ीं। आधुनिक सन्देहवादी ज्ञान मीमांसा अक़सर जाने-अनजाने धर्मविरोधी रही है। पहले लोग आत्मा पर इस तरह विश्वास करते थे, जैसे भाषा में व्याकरण की अनिवार्यता पर। 'मैं' एक स्थिति है और 'विचार' उसकी अवस्था। इसीलिए माना जाता है कि सोचना या विचार करना एक ऐसी क्रिया है जिसका कोई कर्ता भी हो।

इसके बाद इस जाल से छुटकारे का एक अत्यन्त कुशल प्रयत्न किया गया। चूंकि विचार, विचारक की सिद्धि करते हैं, इसलिए विचारक विचार-प्रक्रिया का

ही समग्र रूप है। इमैन्युएल कांट ने ठीक यही खोज की। इसीलिए कांट को वह चीज़ नहीं दिखाई दी, जिसे आत्मा कहते हैं और जिसके बारे में वेदान्त ने बहुत ज़्यादा गम्भीरता के साथ विचार किया था।

9

धार्मिक निर्ममता के तीन स्तर मुख्यतः पहचाने जा सकते हैं। गोकि उन स्तरों में भी जाने कितने उपस्तर होंगे; लेकिन तीन तो बहुत महत्त्वपूर्ण हैं! आदिम इतिहास में आदमी अपने ईश्वर के लिए नरबलि देता था। अनेक समाजों में पहले बच्चे की बलि दी जाती थी। राजा टाइबेरियस ने रोम के इतिहास में ऐसी ही एक भयानक मिसाल दी थी। इसके बाद नैतिकता का ज़माना आया। इस युग में लोग हर ऐसी चीज़ की बलि ईश्वर के लिए देते थे, जो उन्हें सुख-सुविधा पहुंचाती हो। तमाम तपस्या और साधना करनेवाले लोग इसी युग की देन हैं। त्याग और तप के नाम पर हर सुखद वस्तु का त्याग और तरह-तरह की तकलीफ़ें भोगनेवाला तपस्वी अपने प्रति निर्दय हो जाता था।

इसके बाद बलि देने को बचा ही क्या? तब ज़रूरी हुआ कि आस्था, आशा और पवित्रता के प्रतीक ईश्वर की बलि दे दी जाए। अपने-आप पर एक और अत्याचार करने की नीयत से लोगों ने पत्थरों से लेकर जहालत, भाग्य और शून्य तक न जाने कौन-कौन-सी चीज़ों को पूजना शुरू किया। निर्दयता के इस अन्तिम प्रयत्न में शून्य के एवज़ में ईश्वर की बलि अपने-आप में कितना बड़ा विरोधाभास है!

10

ईश्वर के लिए मानव से प्यार करो। अब तक मानव जाति ने सबसे महान उपलब्धि इस धारणा के रूप में ही की है। जाने किसने यह सोच लिया कि मानव जाति से प्यार इस तरह बिना किसी स्पष्ट और तर्कसंगत आधार के पैदा किया जा सकता है। कोई एक पहला आदमी शायद सही बात कह पाने के लिए सही शब्द इस सिलसिले में खोज पाने में असमर्थ रहा होगा और अनायास उसकी

ज़बान से कुछ का कुछ निकल गया होगा। लोग उस आदमी को इस तरह प्यार करने लगे, जैसे कोई तैरने निकला हो और बड़े आराम से डूब गया हो।

11

मेरे जैसे मुक्त बुद्धिवाले लोग, जिसे दार्शनिक कहते हैं, उसका काम होता है—मानवजाति के विकास के लिए धर्म को एक अनुशासन या शिक्षा पद्धति के तौर पर इस्तेमाल करना। जैसे वह इसी उद्देश्य से सम-सामयिक आर्थिक-राजनीतिक परिस्थितियों का इस्तेमाल करता है, उसी तरह वह धर्म का करता है। धर्म का इस तरह इस्तेमाल जटिल प्रक्रिया है। धर्मनिष्ठ व्यक्ति तो मेरी इस बात से खीजेगा ही।

धर्म का इस्तेमाल भारत में ब्राह्मणों ने आश्चर्यजनक कुशलता से किया था। वे इसी के जरिये इतने शक्तिशाली हो गए कि अक़सर राजा की नियुक्ति तक वे ही करते थे।

12

यूरोप में आज नैतिकता-सम्बन्धी धारणाएं काफ़ी सूक्ष्म और संवेदनशील हो गई हैं और लोगों ने उसमें एक और आयाम जोड़ दिया है—नैतिक विज्ञान। नैतिकता को पिछले दिनों विज्ञान बनाने की कोशिश में उसे वैज्ञानिक आधार देने के प्रयत्न हो रहे हैं। दार्शनिक समझ रहे हैं कि इस हास्यास्पद प्रयत्न का बहुत बड़ा महत्त्व है। वे नैतिकता को वैज्ञानिकता दे रहे हैं, जबकि नैतिकता स्वयं एक दी हुई चीज़ है।

राष्ट्र, समाज, इतिहास और काल के बारे में अध्येताओं ने ग़लतफ़हमियों की जो विरासत पाई है, उसी का परिणाम है उनका यह प्रयत्न! मज़े की बात तो यह है कि 'नैतिकता-विज्ञान' के बारे में अब तक जो कुछ भी सोचा गया उसमें यह कहीं नहीं है कि नैतिकता स्वयं भी एक समस्या है। नैतिकता अपने-आप में उन्हें समस्या नहीं लगती।

13

दार्शनिकों की धारणा यह है कि व्यक्ति में नैतिकता एक 'स्वयंसिद्ध अनिवार्यता' है। ऐसी बात कहनेवाले से प्रश्न किया जा सकता है कि स्वयं उसके बारे में ऐसी समझ का क्या स्थान होगा? अनेक ऐसी व्यवस्थाएं हैं, जिनमें नैतिक मर्यादाएं सिर्फ़ इसीलिए बनाई गई हैं कि उनके निर्माताओं के प्रति लोगों में विश्वास पैदा हो। कुछ ऐसी नीति व्यवस्थाएं भी होती हैं, जो सिर्फ़ इसलिए बनीं कि उनके निर्माताओं को उनका निर्माण करके आत्म-सन्तोष मिला। कुछ नीतितन्त्र गढ़नेवालों का उद्देश्य सिर्फ़ अपने-आप को सूली पर चढ़वाना-भर था। कुछ ने नीति मर्यादाएं नहीं गढ़ीं, बल्कि उनके आवरण में फेर-बदल किया है। कुछ लोगों ने नीतिशास्त्र इसलिए बनाए कि वे अपने-आप को महान साबित कर सकें, दूसरों से बड़ा बनाए रख सकें। संक्षेप में कहूं, तो नैतिक व्यवस्थाएं भावानुभूतियों की प्रतीक-भाषा हैं।

14

मुक्ति के विपरीत, नैतिकता प्रकृति और तर्क पर अत्याचार है। जब तक कोई नीतिशास्त्र हर क़िस्म के अत्याचार को ग़लत घोषित नहीं करता, तब तक तो ऐसा ही रहेगा। हर नीति पथ का सबसे बड़ा सत्य है—गतिरोध या बन्धन या सीमा। कवियों से पूछो कि उन्हें अपनी रचना-प्रक्रिया के दौरान नैतिकता के कारण ही कितना आत्मावरोध करना पड़ा है। वह रचनाकार के रूप में एक ज़बरदस्त मुक्ति की छटपटाहट महसूस करता है; लेकिन नीतिशास्त्र के हज़ारों वाक्य उसके सामने आ खड़े होते हैं और क़दम-क़दम पर उसकी मुक्ति को तोड़ते हैं।

नैतिक मर्यादाएं आज्ञाकारिता की अपेक्षा करती हैं। नीतितन्त्र हर आदमी को झुकाकर आज्ञाकारी बनने पर मजबूर करता है। चिन्तक चाहते हुए भी उन्हीं दिशाओं में सोचने को बाध्य होता है, जिधर उसे धर्मनीति इशारा करे। इस तरह उन्मुक्त चेतना का निरन्तर दम घोंटा जाता रहता है। उसके पैर में बेड़ियां डाली जाती रहती हैं। इस तरह इस शास्त्र ने कितना नुकसान पहुंचाया है, इसका

अन्दाज़ा लगाना मुश्किल है और शास्त्री लोगों को इसके लिए खेद भी कतई नहीं।

सदियों तक यूरोपीय दार्शनिक 'किसी सत्ता के अस्तित्व' की सिद्धि की कोशिशें करता रहा। इसके विपरीत, अब हम हर ऐसे विचारक को सन्देह से देखने लगे हैं, जो इस सिद्धि में जुटा हुआ है।

नैतिक सिद्धान्तों का अन्तरंग सत्य यह है कि ये सिद्धान्त हमारी सहज, स्वाभाविक मुक्ति को अस्वीकार करके चलते हैं। वे हमारा क्षितिज छोटा करके तात्कालिक और छोटे-छोटे उद्देश्यों या कर्तव्यों में हमें फंसा देते हैं। वे हमारे दृष्टिकोण को बहुत संकरा कर देते हैं। उनके लिए दरअसल जीवन के विकास की सबसे बड़ी शर्त है— जहालत।

15

जो जातियां उद्यमी होती हैं, उन्हें खाली बैठना अच्छा नहीं लगता। अंग्रेज जाति ने एक बहुत बड़ा मोर्चा फतह किया, जब उन्होंने इतवार का दिन धर्मनिष्ठा से जोड़ दिया। धीरे-धीरे हाल यह हो गया कि सारे हफ़्ते किए जानेवाले कामों से ज़्यादा महत्त्वपूर्ण हो गया यही एक छुट्टी का दिन।

16

प्लेटो के नीति-दर्शन में एक अजीब सुकरातवाद घुसा हुआ दिखाई देता है। प्लेटो का अपना दर्शन न होने के बावजूद सुकरातवादी नीतिदर्शन उसमें है। दरअसल प्लेटो इस तरह की बातों में कुछ ज़्यादा ही भला था। उसने लिखा है—"कोई व्यक्ति किसी दूसरे को जानबूझकर चोट नहीं पहुंचाना चाहता। अगर ऐसा होता है, तो अनजाने में। बुरा आदमी वस्तुतः अपने-आप को ही चोट पहुंचाता है। अगर वह जान जाए कि अमुक काम बुरा है, तो वह ऐसा काम करे ही क्यों? बुरा आदमी ग़लती से बुरा हो जाता है। अगर कोई उसकी ग़लती सुधार दे, तो वह अच्छा बन जाएगा।

इस तरह के विचार से आम आदमी को बड़ा सहारा मिल जाता है। वह

समझ जाता है कि बुराई में उसका कसूर इतना ही है कि वह उन लोगों की बात नहीं मान रहा। मान जाए तो सब ठीक।

17

पुराने आस्तिक दर्शन की समस्या रही है—ज्ञान और आस्था के बीच आस्था का चुनाव। बहस इसी बात पर चली है कि वस्तुओं का विवेचन और मूल्यांकन तर्क के आधार पर किया जाए या सहज अनुभूति के आधार पर।

आस्तिक दर्शन में वस्तुओं की विवेचना ज्ञान के आधार पर नहीं निर्देशों के आधार पर की जाती रही है। इसीलिए वहां सन्देह की गुंजाइश कभी नहीं रही। ईसाइयत के अभ्युदय से बहुत पहले इस बहस को इस तरह दो अलग-अलग धाराओं में सुकरात ने बांट दिया था। सुकरात ने शुरू में तर्क और ज्ञान का रास्ता अपनाया और तमाम ज़िन्दगी यूनान के उन बड़े लोगों का मज़ाक़ उड़ाता रहा, जो अच्छे माने जाते थे और अच्छे काम करते थे; लेकिन यह नहीं बता सकते थे कि उनकी उस अच्छाई का तार्किक आधार क्या है? लेकिन अन्तिम दिनों में सुकरात छिपे-छिपे, अपने-आप का मख़ौल भी उड़ाने लगा था, क्योंकि उसने सहसा महसूस किया कि जिन बातों का तर्क से रिश्ता नहीं है, उन्हें छोड़ा किस तर्क पर जाए! उस महान विचारक का यही सबसे बड़ा धोखा था।

प्लेटो उससे ज़्यादा भोला था। उसने यह माना कि ज्ञान और आस्था के दोनों रास्ते सहज स्वाभाविक हैं और दोनों मिलकर ईश्वर और नीति मर्यादा तक पहुंचते हैं। प्लेटो के बाद सारे ईश्वरवादी विचारकों ने ठीक यही बात कही। नतीजा यह हुआ कि अब तक तर्क के ऊपर भावना की ही जीत होती आई है। डेकार्ट को भी कोई ख़ास दृष्टि से देखे तभी इनसे अलग कर सकता है। डेकार्ट बहुत महान बुद्धिवादी था और आधुनिक बुद्धिवाद का पितामह माना जाता है; लेकिन वह भी सिर्फ़ तर्क को ही मान्यता देता था। तर्क दरअसल औज़ार है, जिससे कुछ किया जाए, कृति या दृष्टि नहीं। डेकार्ट इसीलिए सतही था।

18

ऐसा अनुमान लगाया जाता है कि सूर्य के आसपास असंख्य ऐसे अंधेरे ग्रह हैं, जो दिखाई नहीं देते। आदमी के सिलसिले में इसे एक उपमा के रूप में देखा जा सकता है। नीतियों का अध्ययन करनेवाले मनोवैज्ञानिक भी इसी तरह बहुत कुछ ऐसा मान लेते हैं, जिसकी व्याख्या नहीं की जा सकती।

19

सभी नीति दर्शन, जो दूसरों को सुखमय जीवन का आश्वासन देने के लिए गढ़े गए हैं, सिर्फ़ दूसरों को उनके अपने काल्पनिक भय से मुक्ति दिलाते हैं। लोगों को उनके अन्दर का एक भय दिखाया जाता है और उससे बचने के लिए लोग आज्ञाकारी हो जाते हैं। ये दर्शन बूढ़ी औरत की समझदारी की तरह हर किसी पर थोपे जाते रहते हैं। उनके लिए हर शख़्स एक संख्या होता है और हर शख्स के ऊपर उसे सही-सही चिपकना ज़रूरी होता है। वे लोग इसे विज्ञान मानते हैं, जबकि यह सिर्फ़ जहालत की टोकरी-भर ही होता है।

20

मानव इतिहास के सभी युगों में भेड़ों की रेवड़ों का अस्तित्व रहा है। बहुत थोड़े-से लोगों ने बहुत ज़्यादा लोगों को हंकाए रखा है। यानी आज्ञा का पालन करनेवालों की तादाद बहुत ज़्यादा रही है। हालत यहां तक पहुंच गई है कि आदेश देनेवाला बाहरी आदमी न होने पर उन्होंने अपनी अन्तश्चेतना का ही आदेश मानना शुरू कर दिया है। उनकी आत्मा गवाही देने लगी है। आत्मा कहती है—यह करो, यह मत करो। वे इतने ज़्यादा परनिर्भर हो जाते हैं कि इसके बिना जी नहीं सकते। अध्यापक, मां-बाप, कानून, बहुमत और न जाने ऐसी ही दूसरी कितनी हस्तियां उनकी आत्मा की गवाहियां तैयार किया करती हैं। एक स्थिति यह भी आती है कि वे खुद दूसरों को आदेश देने लग जाते हैं। मैं इसे शास्ताओं का आडम्बर कहता हूं।

21

अब मैं वही बात फिर कहना चाहूंगा, जो मेरे जैसे लोगों ने सैकड़ों बार कही है। सभी कहते हैं कि अगर बिना किसी व्याख्या के कोई आदमी की गिनती जानवरों के साथ कर दे, तो बहुत बुरा लगेगा। इसलिए रेवड़ की बात करना और ज़्यादा खतरनाक है; लेकिन उपाय क्या है? नई नज़र से स्थिति तो ऐसी ही कही जाएगी।

22

वैसे यह देखकर गहरा दुख होता है कि कैसे कभी-कभी बहुत बड़ा आदमी भी रास्ते से भटक जाता है और छीजता है; लेकिन जो इस सार्वभौम ख़तरे को देख लेता है कि मानव खुद छीज रहा है, वह ऐसी तकलीफ़ से गुज़रता है, जिसे लासानी कहा जाएगा।

●●●